O náufrago da existência

FUNDAÇÃO EDITORA DA UNESP

Presidente do Conselho Curador
Mário Sérgio Vasconcelos

Diretor-Presidente / Publisher
Jézio Hernani Bomfim Gutierre

Superintendente Administrativo e Financeiro
William de Souza Agostinho

Conselho Editorial Acadêmico
Danilo Rothberg
Luis Fernando Ayerbe
Marcelo Takeshi Yamashita
Maria Cristina Pereira Lima
Milton Terumitsu Sogabe
Newton La Scala Júnior
Pedro Angelo Pagni
Renata Junqueira de Souza
Sandra Aparecida Ferreira
Valéria dos Santos Guimarães

Editores-Adjuntos
Anderson Nobara
Leandro Rodrigues

JAIR BARBOZA

O náufrago da existência

MACHADO DE ASSIS E ARTHUR SCHOPENHAUER
Caricatura, paródia, tragédia e ética animal

© 2022 Editora Unesp

Direitos de publicação reservados à:

Fundação Editora da Unesp (FEU)
Praça da Sé, 108
01001-900 – São Paulo – SP
Tel.: (0xx11) 3242-7171
Fax: (0xx11) 3242-7172
www.editoraunesp.com.br
www.livrariaunesp.com.br
atendimento.editora@unesp.br

Dados Internacionais de Catalogação na Publicação (CIP) de acordo com ISBD
Elaborado por Odilio Hilario Moreira Junior – CRB-8/9949

B239n   Barboza, Jair

O náufrago da existência: Machado de Assis e Arthur Schopenhauer – Caricatura, paródia, tragédia e ética animal / Jair Barboza. – São Paulo : Editora Unesp, 2022.

Inclui bibliografia.
ISBN: 978-65-5711-113-0

1. Literatura. 2. Crítica literária. I. Título.

2022-357   CDD 809
                                                                               CDU 82.09

Índice para catálogo sistemático:

1. Literatura: crítica literária 809
2. Literatura: crítica literária 82.09

Editora afiliada:

Asociación de Editoriales Universitarias
de América Latina y el Caribe

Associação Brasileira de
Editoras Universitárias

Apenas pelo igual é o igual reconhecido.

EMPÉDOCLES

Almas afins já de longe se saúdam.

SCHOPENHAUER

. . . .
. . . .
. . . . *!*
. .
. . *!*

MACHADO DE ASSIS

Sumário

Nota prefacial – Alumbramento 9
Prólogo 13

PARTE I
Caricatura

1 Machado de Assis e a caricatura 25
2 Quincas Borba como caricatura de Schopenhauer 43

PARTE II
Paródia

3 Machado de Assis e a paródia 59
4 Humanitismo como paródia do pessimismo metafísico 71
5 Justiça eterna 81
6 O Humanitismo é um otimismo 89

PARTE III
Tragédia e ética animal

7 *Tatoumes* 113

8 Graciliano Ramos e Guimarães Rosa 131

9 Simpatia universal 143

10 O náufrago da existência 151

Conclusão 163

Apêndice – Sobre otimismo e pessimismo, um diálogo 165

Referências 169

Índice onomástico 173

Índice de assuntos 175

NOTA PREFACIAL

Alumbramento

Este *O náufrago da existência* nasceu de um alumbramento que tive, em viçosos tempos "idos e vividos", com a prosa realista do nosso Bruxo do Cosme Velho, Machado de Assis (1839-1908). Ainda adolescente, após ingressar no curso de Filosofia da Universidade de São Paulo (USP), outro alumbramento – por intermédio do pensamento de Nietzsche, devido à obsessão deste pelo autor – com a metafísica de Arthur Schopenhauer (1788-1860). Quer dizer, o que a leitora tem agora em mãos é um ensaio caudatário do diálogo que estabeleci com dois autores diletos que marcaram e marcam a minha vida.

Desses tempos de formação intelectual surgiu, em 1997, o meu livro *Schopenhauer, a decifração do enigma do mundo* (Editora Moderna), cuja parte final – "Conclusão" e "Antologia de textos" – trata da relação das literaturas de Machado de Assis e de Augusto dos Anjos com o pessimismo metafísico de Schopenhauer. Por ocasião de um curso de literatura brasileira que fiz no

Departamento de Letras da referida universidade, sobre contos machadianos, escrevi como trabalho de conclusão de disciplina o artigo, publicado em 2000, "Filosofia schopenhaueriana e literatura machadiana: o conto Noite de Almirante",[1] no qual efetuei uma aproximação entre os dois autores escolhendo como fio condutor a "Metafísica do amor sexual" de Schopenhauer. Assim, guiado por esse preclaro pano de fundo literário-filosófico, aproveitei cada oportunidade acadêmica, na minha atividade de professor universitário da Pontifícia Universidade Católica do Paraná e da Universidade Federal de Santa Catarina, para, em conferências, simpósios ou orientações de graduação, mestrado e doutorado, chamar teoricamente a atenção do público para a recepção e a assimilação de momentos determinantes do pensamento do filósofo germânico na literatura do genial romancista brasileiro; é o caso da minha palestra na Universidade Estadual de Campinas de 2014 intitulada "Náufrago da existência: o Quincas Borba de Machado de Assis e a filosofia de Schopenhauer", cujo estofo e título preludiaram este livro e o seu capítulo final.[2] A recepção e a assimilação de Schopenhauer em Machado de Assis podem ser notadas especialmente na crônica "O autor de si mesmo" e nos romances *Memórias póstumas de Brás Cubas* e *Quincas Borba*.

Esse meu convívio dialógico com os dois autores tornou-se uma agradável rotina, praticada, inclusive, em diversos textos apresentados nos encontros bianuais da Associação Nacional de Pós-Graduação em Filosofia (Anpof). Criei, assim, uma curiosidade que, espero, seja agora satisfeita – não só dos que me ouviram naquelas ocasiões, mas também dos neófitos que agora me leem. Em verdade, este ensaio é como o fim da etapa de percurso em dia ensolarado de um andarilho com a sua sombra. Ensaio cuja originalidade, para além de aproximações e de semelhanças já notadas por estudiosos entre os dois gênios, tem o seu norte em três teses elencadas no prólogo, sustentadas pelas literaturas primárias de Machado de Assis e de Arthur Schopenhauer, que comprovam como o Bruxo do Cosme Velho era um refinadíssimo leitor do grande pessimista alemão e com ele estabeleceu um diálogo que muito agrada espiritualmente. Ademais, penso, todo intelectual brasileiro no fundo do seu imo peito quer em algum instante da vida prestar um tributo ao insigne ficcionista carioca, criador, segundo Drummond, da obra de arte literária mais perfeita que possuímos.

Aqui, pois, o meu tributo, que muito prazer me deu escrever e que, espero, seja o mesmo da leitora ao lê-lo.

Jair Barboza
Água Verde, em Curitiba, outubro de 2021.

NOTAS

1   Publicado em *Trans/Form/Ação*, Marília, v.23, p.7-17, 2000.
2   Disponível em: <https://www.ifch.unicamp.br/ifch/noticias-eventos/eventos/naufrago-existencia-quincas-borba-machado-assis-filosofia-schopenhauer>. Acesso em: 12 jan. 2022.

Prólogo

UM LANCE FAVORÁVEL DE DADOS • Machado de Assis e Arthur Schopenhauer. Dois gênios da República das Letras que, através de suas possantes fantasia e erudição, criaram belos e bem irrigados vasos comunicantes entre literatura e filosofia. Com efeito, de um lado, aclimatou Machado de Assis complexos conceitos da filosofia a sua ficção; de outro, transplantou Schopenhauer límpidas cenas da literatura na sua metafísica.

Nessa via de mão dupla, amadureceram uma símile cosmovisão que os tornou mestres da suspeita e, por extensão, do desmascaramento. É-lhes comum o ceticismo em face do ser humano. Para eles, os valores que orientam as nossas decisões, por mais elevados e intocáveis que pareçam, são, no entanto, perfeitamente negociáveis, de forma que – isso transparece em suas linhas – o humano não é essencialmente bom, como imaginou Rousseau, mas essencialmente mau, como desvelou Hobbes.

Em dado momento da sua aventura pelos sistemas filosóficos, Machado de Assis encontrou e foi magnetizado pelo pensamento de Arthur Schopenhauer. Isso o levou a encomendar da Europa as mais recentes traduções do autor germânico para o francês, língua esta que dominava bem. Foi um lance favorável de dados. Solidificou-se uma amizade no mundo dos espíritos que jamais se desfez. E com tal intensidade que, como intento mostrar neste ensaio, *Schopenhauer foi transformado por Machado de Assis numa personagem da literatura brasileira e o seu pessimismo metafísico num objeto de carinhosa paródia.*

ESPELHAMENTO ENTRE LITERATURA E FILOSOFIA • A literatura realista machadiana, ao situar as suas personagens em cenário carioca, principalmente no período do Império brasileiro da segunda metade do século XIX – cuja classe abastada, pelo menos no seu estrato ilustrado, absorvia intelectualmente as últimas modas da cultura europeia –, aproveitou para aclimatar não só a filosofia schopenhaueriana, mas a filosofia em geral aos trópicos; e o fez num processo criativo cujo resultado amiúde provoca risos. Elevadas definições conceituais sobre o mundo e a vida caem em domínio reles, comezinho; daí um narrador machadiano dizer muito à vontade que "a metafísica da alma humana pode exemplificar-se numa laranja".[1] A filosofia, nesse cenário, perde a "condição de saber das causas primeiras ou das significações ocultas"[2] e, frequentes vezes, passa a explicar coisas miúdas e comportamentos triviais.

Schopenhauer, por sua vez, ao recorrer a personagens de tramas literárias com vistas a corroborar conceitos da sua metafísica,

PRÓLOGO

como no caso da loucura, ao concebê-la como "rompimento do fio da memória" – um rompimento, segundo ele, causado pela necessidade de o indivíduo eliminar lembranças muito doloridas da memória, eliminação que cria nela lacunas que são preenchidas com representações fictícias[3] –, cita, como comprovação da sua tese, o Ajax de Sófocles, o Rei Lear e a Ofélia de Shakespeare, justificando essa escolha pelo fato de tais personagens, universalmente conhecidas, deverem "ser colocadas em pé de igualdade, em sua verdade, com pessoas reais". Mesmo porque, para o filósofo, a arte é o espelho da vida, e nela o verdadeiro se mostra.

Machado de Assis e Arthur Schopenhauer, portanto, dois espíritos que, em sua genialidade, comprovaram a máxima de Goethe: "o conceito procura a imagem, a imagem procura o conceito".

A BIBLIOTECA MACHADIANA • Um rico material de apoio para este ensaio é o espólio da biblioteca machadiana, conservado pela Academia Brasileira de Letras, visto serem os livros ali presentes uma explícita amostra de alimentos do cérebro de Machado de Assis. Dentre as principais revelações, o fato de o escritor carioca ter sido um assíduo leitor de Voltaire e Schopenhauer. Daí vem-me de imediato à mente a novela filosófica *Cândido ou o otimismo* de Voltaire, na qual o filósofo e dramaturgo francês caricaturou e parodiou a figura e o otimismo metafísico de Leibniz. A obra de Schopenhauer é, ao lado da de Voltaire, a que mais espaço ocupa na seção de filosofia da biblioteca machadiana. Os dois autores são ali os grandes soberanos.[4]

• 15 •

O NÁUFRAGO DA EXISTÊNCIA

Machado de Assis em 1896

Casa de Machado de Assis no Cosme Velho, Rio de Janeiro

PRINCÍPIO ESTÉTICO DA CRIAÇÃO • Machado de Assis, porém, desenvolveu com o tempo uma predileção pelo pessimismo do pensador germânico. Com efeito, Schopenhauer impactou tão profundamente o pensamento da segunda metade do século XIX que afirma Nietzsche ser ele, ao lado de Heine, Goethe e Hegel, um evento cultural alemão de envergadura europeia. Logo, de envergadura mundial. Isso se observa cá no Brasil por via dos estudos fresquinhos que tivemos naquela época sobre o pensamento do autor germânico, entre os quais se destaca o de Tobias Barreto, *Sobre a filosofia do inconsciente*, de 1874, em que o filósofo sergipano comenta a obra homônima de Eduard von Hartmann, de 1869 (também encontrada na biblioteca machadiana), classificando-a como "evolução do schopenhauerianismo".

A ocupação intermitente de Machado de Assis, não só com a obra de Schopenhauer, mas também com a de alguns dos seus comentadores – e aqui adoto como princípio estético que um autor é a soma daquilo que lê com aquilo que vê através da fantasia, a digestão intelectual disso constituindo a sua originalidade –,[5] leva-o a interessar-se pela biografia do filósofo. De fato, naquela seção de filosofia da sua biblioteca, encontramos o livro de Jean Bourdeau *Arthur Schopenhauer, pensées et fragments. Vie de Schopenhauer. Sa correspondance*, uma seleção de textos, acompanhada de breve biografia, datada de 1880;[6] portanto, um ano antes da versão definitiva das suas *Memórias póstumas de Brás Cubas*, de 1881, em que entra em cena o filósofo Quincas Borba de Barbacena, autor de uma esquisita filosofia chamada Humanitismo. Onze anos depois, em 1891, Machado de Assis publica a versão acabada de *Quincas Borba*, em que o filósofo de Barbacena reaparece na companhia do

PRÓLOGO

seu cachorro homônimo, tratado por ele como se pessoa fosse, com tanto amor, a ponto de torná-lo o seu herdeiro testamentário.

Naquela biografia de Schopenhauer, que é, ao mesmo tempo, um comentário introdutório ao seu pensamento, o perfil dele é o de um gênio marcado pela loucura, a oscilar entre o humor violento e as manias de perseguição, exageradamente desconfiado, assaltado por terrores noturnos sem causa que o faziam empunhar a pistola ao ouvir o mais baixo ruído, redigindo as suas notas de negócio em grego e latim para evitar golpes financeiros, hipocondríaco etc. Mas como já alertava Sêneca: *nullum magnum ingenium sine mixtura dementiae fuit*: nunca existiu grande gênio sem mescla de loucura.[7] O tradutor, como para tornar crível o perfil que traça do filósofo, reproduz uma carta dele ao discípulo Frauenstädt, de 2 de março de 1849, em que escreve que o seu cão Ātman enviava a este as mais amáveis saudações. Ademais, a biografia também relata o insólito fato de que o cachorro fora tornado um dos herdeiros testamentários do filósofo de Frankfurt.

Sinteticamente, portanto, temos um Schopenhauer: (1) louco; (2) autor de uma singular filosofia; (3) que vivia na companhia de um cão; (4) este se tornou o seu herdeiro testamentário.

O leitor de Machado de Assis sabe que tais traços biográficos coincidem *ipsis litteris* com os marcantes traços biográficos do filósofo pancada Quincas Borba, que tornou seu herdeiro testamentário o companheiro de vida Quincas Borba cachorro.

CARICATURA, PARÓDIA E TRAGÉDIA • A pergunta que agora soa é: aquele outro autor dileto de Machado de Assis, Voltaire, que caricaturou na novela *Cândido ou o otimismo* a figura de Leibniz e

• 19 •

parodiou o seu pensamento, ter-lhe-ia fornecido um modelo literário-filosófico para que aclimatasse Schopenhauer aos trópicos, mediante a caricatura da sua figura e a paródia do seu pensamento? Este ensaio vai responder afirmativamente a essa pergunta. Para tal escolho como fio condutor, na Parte I, a tese – baseada naqueles quatro marcantes dados biográficos de Schopenhauer acessíveis a Machado de Assis, como testemunha a sua biblioteca – de que *o filósofo Quincas Borba é uma caricatura de Schopenhauer*, em construção ficcional nos moldes de uma *sinédoque*, metonímia, ou seja, o romancista toma a parte, um filósofo e a sua filosofia, pelo todo, a figura do filósofo ocidental com a sua mania congênita de querer encerrar nos princípios da sua filosofia a complexidade do mundo e da vida, e resolvê-la. Ademais, se Quincas Borba tem uma filosofia, segue-se na Parte II, acoplada à primeira tese, esta outra, que *a filosofia de Quincas Borba, chamada Humanitismo, é uma paródia do pessimismo metafísico de Schopenhauer.*[8]

A exposição e o desenvolvimento dessas duas teses, guiadas pelo princípio estético aqui estabelecido de que um autor é a soma daquilo que lê com aquilo que vê através da fantasia, será a ocasião para ruminar temas caros, e tão atuais porque universais, a Machado de Assis e Arthur Schopenhauer, dentre outros, a astúcia da mulher, o amor, a loucura, a simpatia, a ética da compaixão, os caprichos do destino, a ingratidão, a religião. Temas que naturalmente conduzem àquele da Parte III, *tragédia, que alarga o trágico tradicional ao abordar a ética da compaixão como extensível aos animais* – momento oportuno para expor como esta ética, ao ser trabalhada por Machado de Assis na personagem Quincas Borba cachorro, influencia as literaturas de Graciliano Ramos e de Guimarães Rosa.

PRÓLOGO

A FORMA ENSAIO • A forma ensaio foi escolhida para este texto visando a evitar as muitas citações no seu corpo e as longas notas de rodapé, bem como abrir espaço para a liberdade de fantasia com vistas a operar simultaneamente com conceitos metafísicos, cenas e personagens literárias, retratos, desenhos, fotografias, anedotas etc. Tal liberdade de expressão ancora-se, no entanto, em densa fonte originária: biografia e obra schopenhauerianas, biblioteca e obra machadianas. Ensaio, portanto, como forma rigorosa. É um livro destinado não só a leitores, estudantes e pesquisadores de Machado de Assis e Arthur Schopenhauer, mas também a todos aqueles que se interessam pela especial intersecção entre literatura e filosofia.

NOTAS

1 Machado de Assis, "O Espelho" apud Villaça, 1998, p.11.

2 Benedito Nunes, 1989, p.10.

3 Na parte II deste ensaio detalharei esse conceito de loucura.

4 José Luís Jobim (Org.), 2008, p.235-237, 248-249.

5 Esse "ver" inclui um sexto sentido, que é a perspicácia de enxergar além daquilo que enxerga a maioria e, assim, ser um farol de navegação para muitos.

6 Reeditada em Jean Bourdeau (1900).

7 Apud Jean Bourdeau, op.cit., p.11-13, 25.

8 Com isso, o presente ensaio, no exame detalhado que apresenta da filosofia do Humanitismo, diverge daquela interpretação que foi canonizada em certo segmento da crítica literária brasileira e internacional, embasada no estudo de Roberto Schwarz *Um mestre na periferia do capitalismo*, de que a filosofia de Quincas Borba seria sobretudo uma sátira do positivismo de Comte ou até mesmo do darwinismo social (Roberto Schwarz, 2012, p.164). Veremos que todos os dados que recolhi fundamentam uma interpretação diferente – trata-se de paródia, estilo essencialmente imitativo, isto é, com um referencial –, a qual, com provas textuais e provas do espólio bibliográfico de Machado de Assis, ora ofereço ao público leitor.

PARTE I

CARICATURA

CAPÍTULO 1

Machado de Assis
e a caricatura

RITRATO CARICO • O termo caricatura vem do italiano *caricare* e significa exagerar, sobrecarregar, intensificar os traços de uma figura, que é deformada em certas características corporais e fisionômicas, o resultado sendo uma imagem cômica, no limite grotesca.[1] Tal deformação pode ser vista cotidianamente em mídias digitais e impressas, que, na sua ânsia de sensações rápidas, costumam publicar deformações corporais e fisionômicas de pessoas públicas, sobretudo de políticos e artistas.

Como pioneiro do gênero, os historiadores da arte citam o italiano Annibale Carracci; porém, antes dele, no auge do Renascimento, pode-se encontrar deformações caricatas compostas por Leonardo da Vinci.

Para Kant, a caricatura expõe o característico de uma pessoa, em contraste com a ideia normal do ser humano, ou seja, ela acentua os traços do indivíduo em detrimento dos traços gerais da espécie. Schopenhauer, ao seguir esta definição kantiana, insere-a,

O NÁUFRAGO DA EXISTÊNCIA

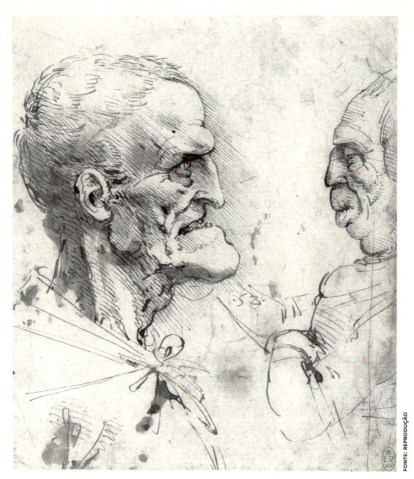

Leonardo (1452-1519): caricatura que beira o grotesco

Carracci (1560-1609): rostos caricaturados

O NÁUFRAGO DA EXISTÊNCIA

contudo, na sua definição dos três estilos de representação artística do ser humano. Assim, destaca: (1) quando a obra de arte realça os traços próprios do caráter de um indivíduo, porém não descuida dos traços gerais da espécie, tem-se o *belo*, no qual o caráter do indivíduo é representado em equilíbrio com o caráter da espécie; (2) quando a obra de arte acentua os traços da espécie até o ponto em que os do indivíduo são suprimidos, tem-se a ausência de sentido, o *inatural*; (3) quando a obra de arte acentua os traços do indivíduo até o ponto em que os da espécie são anulados, tem-se a *caricatura*.[2]

Note-se que ambas as definições de caricatura coincidem em reconhecer que ela exagera nos traços do indivíduo, o que acarreta a anulação da representação equilibrada do tipo humano ideal, que, em termos de cultura eurocêntrica, tem os seus cânones formais estabelecidos pela estatuária greco-romana clássica e pela pintura renascentista de retrato.

CARICATURA DE SCHOPENHAUER • Machado de Assis, em um de seus melhores romances, se não o melhor, *Quincas Borba*, apresenta-nos a personagem Quincas Borba filósofo. Na minha longa convivência com essa personagem das mais singulares da literatura brasileira, nunca me saía da cabeça que uma criação genial jamais vem do nada, pois um autor, como adotei antes como princípio estético, é a soma daquilo que lê com aquilo que vê mediante a fantasia, residindo aí a sua originalidade. Se, de um lado, a fantasia do gênio trabalha com esquemas empíricos, reais, que servem para o sustento e a verossimilhança da sua criação, de outro, ele está inserido numa dada cultura e, desta, herda padrões estéticos que usa na elaboração de sua arte. Esse princípio estético, então, me convenceu de que haveria dados culturais que contribuíram para a fantasia do gênio de Machado de Assis criar uma das suas mais inesquecíveis personagens.

Mas seria possível encontrar o seu modelo e, assim, entrar na *oficina de criação do Bruxo do Cosme Velho*? Movido por essa indagação, o tempo foi me fornecendo materiais cada vez mais consistentes, e, por fim, o que recolhi me permitiu defender a tese de que Quincas Borba é Schopenhauer. Visando fornecer elementos para que os leitores cheguem a sua própria conclusão, passo ao meu esboço biográfico do filósofo das margens do rio Meno, cujos dados principais de vida eram acessíveis a Machado de Assis.

VIDA E HÁBITO[3] • Arthur Schopenhauer nasceu da união do rico comerciante de 40 anos de idade Heinrich Floris com a vinte anos mais jovem Johanna Trosinier. Foi um casamento de conveniência. Passou a amá-la, porém a recíproca não foi verdadeira. Ela apenas queria um veículo para a sua ascensão social.

Ele, depois de uma vida de amor não correspondido, viagens pela Europa e dores e sofrimento que não encontraram um peito compassivo e consolador na esposa, morreu ao cair de uma janela, decerto suicídio, como o filho Arthur insinuará em carta à mãe, culpando-a. Deixou vultosa herança, cuja parte que cabia ao filho foi, através de variados investimentos, multiplicada, ao passo que a da mãe e da irmã, perdulárias, foi dilapidada em gastos abusivos, o que as conduziu à falência financeira.

Após estudos universitários de filosofia e ciências naturais nas universidades de Göttingen e Berlim, Schopenhauer publicou a

Carl Morgenstern (1811-1893): *Vista de Frankfurt am Main*, 1872

sua obra magna, *O mundo como vontade e como representação*, em dezembro de 1818, com data de 1819. Contudo não obteve o reconhecimento esperado. O editor a vendeu como papel velho.

Tentou a carreira de professor universitário em Berlim, primeiro em 1820, depois em 1825, mas foi um retumbante fracasso, pois os alunos não se matriculavam em seus cursos, mais interessados que estavam nas aulas que ocorriam no mesmo horário do na época mais famoso filósofo Hegel.

Fugiu de Berlim em 1831 devido à epidemia de cólera que assolava a cidade. Rumou para Frankfurt am Main. Ali passou a viver na companhia do seu amigo poodle. Em Frankfurt deu forma final ao seu sistema filosófico.

Os hábitos de Schopenhauer, como comer e beber no seu restaurante mais refinado e seletivo, e ali usufruir da companhia e diálogo de viajantes de todo o mundo, eram bem conhecidos na cidade.

MACHADO DE ASSIS E A CARICATURA

Sua filosofia e a sua fama tardia a partir de 1854 permitiram o surgimento em vida de um gordo anedotário em torno da sua pessoa. Era o tipo que representava perfeitamente o papel do filósofo recolhido, perdido nas próprias ideias, que, frequentes vezes, falava sozinho nos seus passeios. Não se casou, pois um filósofo, dizia, não deveria ter esposa, do contrário teria de fazer a escolha entre bem servir à filosofia ou à família, pois servir ao mesmo tempo a essas duas senhoras acarretaria necessariamente o péssimo trabalho em face de uma. Como exemplo, cita o inferno de Sócrates, casado com a demoníaca Xantipa.

Vestia intencionalmente roupas fora de moda. Uma extemporaneidade que se revelava também na própria filosofia, pois, em meio à moda do louvor à faculdade de razão e ao seu pretenso poder de apreender a natureza do mundo, configurado no racionalismo do assim chamado Idealismo Alemão, nas figuras de Fichte, Schelling e Hegel, elaborou em alto e bom som a crítica dessa faculdade. Mostrou que ela produz monstros, sobretudo ao subjugar titanicamente a natureza, tornando-a uma escrava dos seus caprichos. Chegou à conclusão de que a razão é muitas vezes delirante, pois, em sua instrumentalização da natureza, esquece que é secundária em relação à Vontade de vida, essência do cosmo. Portanto, Schopenhauer denuncia a esquizofrenia da razão que esquece que surgiu da natureza, que esquece as suas origens, e toma seus conceitos como se fossem a própria realidade e, assim, aparta, na civilização, o ser humano da convivência harmônica e saudável com o seu entorno.

Nos seus passeios diários, ao notar pessoas aproximarem-se, dirigia-se ao seu poodle Ātman com os termos *Du Mensch*, que se pode livremente traduzir por "tu meu irmão", ao mesmo tempo que lançava um olhar maligno para quem estranhava a cena. Com tal comportamento, construía a imagem da personagem filósofo com o seu cachorro companheiro de vida.

Reservava as três primeiras horas do dia para escrever. No ensaio *Aforismos para a sabedoria de vida*, define a manhã como a juventude do dia, a tarde, a maturidade, a noite, a velhice. Conseguintemente, afirma, o período mais favorável às grandes concepções é o da manhã, quando o cérebro, após o descanso do sono, está leve, ágil e arejado para o trabalho frutificante. Cada noite bem dormida com os seus sonhos é a boa digestão do espírito, que permite a criação de obras impactantes. Ao contrário, forçar o intelecto no período noturno, destinado ao descanso restaurador, é dar azo a obras ruins, já que trabalhar sofregamente até a noite avançada estraga o órgão do pensamento, cuja fadiga origina visões bizarras. A obra criada no excesso de trabalho tem fisionomia carregada. Como exemplo a ser evitado, citava Hegel, que trabalhava mais de dez horas ao dia, o resultado sendo, segundo Schopenhauer, uma filosofia nauseabunda na qual ignominiosos disparates são apresentados como se fossem grandes descobertas da humanidade.

Depois de escrever pela manhã, o filósofo tocava flauta por uma hora, *con amore*. Nos últimos anos de vida tocava quase que exclusivamente Mozart e Rossini adaptados para flauta.

Embora o seu pensamento ético inclua o respeito aos corpos animais, que, se possuem sistema nervoso central, são sensíveis à dor tanto quanto os humanos e têm, portanto, o direito de não sofrer, Schopenhauer não se tornou vegetariano. Possuía um apetite impressionante. Repetia os pratos e sorvia os molhos gordurosos restantes como se fossem sopa.

Ao voltar para casa, fervia o próprio café. Fazia a sesta e depois ia para uma seção de leitura na sociedade *Casino Gesellschaft*. Em seguida, iniciava, na companhia de Ātman, seu longo e demorado passeio, falando sozinho ou com o amigo, pelas margens do rio Meno. Teve dois poodles. O primeiro, branco, morreu em 1849. "Meu nobre, amado, grande e belo poodle, eu o perdi. Morreu de velhice, com cerca de 10 anos de idade. Me entristeci profundamente e por longo tempo."[4] De imediato adquiriu outro, marrom, que recebeu o mesmo nome do antecessor, de modo que Ātman não morreu, já que esse nome, de origem sânscrita, significa o si-mesmo do mundo, a sua Alma Cósmica imperecível. Com o significado do nome do animal decerto sugeria aos biógrafos que ele e o companheiro eram o mesmo ser, pois ambos, no preciso significado do nome, manifestavam a mesma e indivisível identidade metafísica dos seres.

Sobre o seu novo companheiro, escreveu a um amigo: "Muito mais importante é que meu cachorro marrom, que agora tem dezessete meses de idade, está quase tão grande e crescido quanto o seu antecessor, que você conheceu, no entanto é o cachorro mais vivaz que jamais vi".[5] A imagem do filósofo passeando com Ātman foi imortalizada numa conhecida caricatura de Wilhelm Busch.

Concluídos a leitura do dia e o passeio vespertino que durava cerca de duas horas, ao fim do qual fumava um cachimbo, Schopenhauer passava a noite em casa. Bebia não mais que meia garrafa de vinho, pois desconfiava da capacidade intelectual de quem sorvia mais que isso. Mas essa desconfiança não era dirigida a

Wilhelm Busch (1832-1908): Schopenhauer e Ātman (c. 1908)

quem, como ele, fumava dois cachimbos ao dia. Também desconfiava de quem fazia muito barulho, afirmando que o grau de inteligência de uma pessoa está em relação inversamente proporcional ao barulho que consegue suportar.

À noite, após as leituras domésticas, e antes de entregar-se ao sono restaurador, selecionava passagens do seu livro de cabeceira, o seu consolo, dizia, tanto nas horas de vida quanto na hora da morte, as *Upanishads*. Dormia bem, inclusive na idade avançada. De modo que, se na velhice ainda conseguia escrever com o estilo viçoso da juventude, era, afirmava, porque o seu cérebro sempre rejuvenescia durante o bom sono.

SCHOPENHAUER E OS ANIMAIS • Sozinho por natureza, o autor, contudo, não era solitário, contrariamente ao que pensava Nietzsche quando o denominou "cavaleiro solitário". Além da procurada sociedade diária no seu restaurante predileto, a qual durava em torno de quatro horas, tinha a companhia não só dos seus pensamentos geniais, mas também dos espíritos clássicas da filosofia, assim como do seu cão.

Em relação aos cães confessou: "Se não existissem cães eu não gostaria de viver". Para ele, são emocionantes os cachorros, sobretudo por causa da sua nudez de caráter. "O que torna tão alegre a convivência com o meu cachorro é a transparência do seu ser. O meu cão é transparente como um copo".[6]

Schopenhauer teve o grande mérito de destacar em sua filosofia a dignidade dos animais. Concebia-os como movidos por motivos – portanto com o poder do entendimento – tanto quanto os humanos e objetos, sim, de compaixão. Os animais são, em sua ética, sujeitos de direito e, assim, têm de estar ao abrigo do código penal de cada país. Isso é belamente exposto em *Sobre o fundamento da moral*, em que aproveita para denunciar o esquecimento dos seus direitos e, portanto, denunciar o modo injusto como a cultura ocidental e a maior parte da oriental trata os nossos irmãos a-racionais. Não lhe escaparam da crítica os pretensamente importantes e repetitivos experimentos científicos com os corpos dos nossos irmãos, a ponto de posicionar-se contra a vivissecção. Para ajudar no combate a tais abusos, tornou-se sócio fundador da Sociedade Protetora dos Animais de Frankfurt.

Pendurou vários retratos de cachorro na parede em frente a sua escrivaninha. Um deles, Mentor, protagonizou ato heroico ao salvar em Munique um homem do afogamento. Para semelhantes atos nobres, propôs a criação de uma medalha de honra ao mérito animal, para que tais bichos, portando-a no pescoço, recebessem o respeito que seus atos mereciam. Tempos depois, ao saber que Mentor fora visto abandonado vagueando pelas ruas de Munique, e depois recolhido pela polícia da cidade para ser sacrificado, reagiu: "O comandante da polícia de Munique pode sentir-se contente por eu não ser o rei da Baviera: do contrário, o seu nariz ficaria de imediato roxo e também outra parte bem sensível do seu corpo".[7] Eram boatos, todavia. Muito alegrou-se ao receber a notícia de que Mentor ainda se encontrava vivo e livre.

PRUDÊNCIA • O filósofo das margens do rio Meno criou para si uma rotina de vida guiada pela prudência. Dessa forma, em favor da saúde física e mental, agia metodicamente em seu dia a dia, sempre repetindo em horários precisos as atividades restauradoras do corpo e do espírito, como se fossem rituais. Dentre essas atividades, estava a da leitura só de livros criteriosamente escolhidos conforme os interesses dos seus estudos, sobretudo os clássicos da literatura e da filosofia, que ajudam, dizia, a evitar a indigestão espiritual. Em relação à saúde do corpo, aconselhava e praticava duas horas diárias de rápidos exercícios (costumava nadar no Meno).

Ainda como regra de prudência, excitava pouco o querer, já que este, em sua filosofia, é a fonte primária do sofrimento e se metamorfoseia em infindas demandas que no seu todo são insaciáveis. Postula que o querer é, em verdade, uma falta, uma lacuna a ser sempre preenchida, uma ânsia sem fim por objetos variados. Isso porque a vontade se expressa em desejos, que nunca são plenamente satisfeitos, já que não passam de ilusões de ótica, isto é, a sua satisfação não tem valor intrínseco, porque passageira como um sonho bom.

O alicerce da prudência, ou sabedoria de vida, dizia, é a arte socrática do "conhece-te a ti mesmo". Este nos ensina com o tempo a procurar apenas ambientes e companhias favoráveis à nossa personalidade. Nesse sentido, o "conhece-te a ti mesmo" é mais valioso que o ouro, pois nada é mais importante para a vida de cada um que o conhecimento dos próprios defeitos e qualidades, das próprias carências e excedências, para assim evitar o sofrimento advindo de uma vida inautêntica e fora do alcance das potencialidades pessoais. Um lobo não pode viver como se fosse um cordeiro, e vice-versa.

A prudência, no fundo, é a arte da renúncia a objetos deficitários de satisfação, em favor daqueles superavitários, mesmo que isso num primeiro momento signifique a ausência de prazer. Numa palavra, a prudência é a sábia renúncia em favor da boa qualidade de vida. É a arte de bem viver, enriquecida com os conselhos e as máximas dos grandes mestres. O caráter assim norteado adquire com o tempo sabedoria de vida, e conquista, desse modo, a si mesmo, isto é, torna-se "caráter adquirido". Eis aí a poderosíssima arma para evitar ilusões, principalmente a dos intensos prazeres viciantes, que, disfarçados em roupas da moda, e prometendo longa duração, logo se revelam, no entanto, efêmeros, deficitários, já que a sua fruição desatinada produz mais dor e tristeza que satisfação e alegria. O destino, um agiota, não tardará a enviar a salgada conta, com juros e correções monetárias. Algumas dívidas, decerto consegue-se quitá-las; contudo, as que não o são, levam o seu devedor a hipotecar os próprios bens, e alguns alheios, e logo vem a bancarrota existencial.

OBRA MAGNA EM QUATRO LIVROS • A obra magna de Schopenhauer, *O mundo como vontade e como representação*, trata, em seus quatro livros, dos grandes temas clássicos da filosofia desde a Grécia antiga. O primeiro livro é dedicado à teoria do conhecimento, ou seja, à noção de representação submetida ao princípio de razão, à intuição empírica, ao objeto da experiência e da ciência. O segundo livro é dedicado à objetivação da coisa em si do mundo, atividade cega e incansável que é a Vontade de vida, em natureza. O terceiro, à representação independente do princípio de razão ou Ideia platônica, ou seja, à intuição estética, objeto da arte. O quarto, à ética, isto é, à negação, ou afirmação plena da Vontade de vida.

MACHADO DE ASSIS E A CARICATURA

O tom geral da obra é pessimista. De fato, em sua juventude, Schopenhauer, como ele próprio confessa, foi abalado pelo lado trágico da vida e da existência. "Aos meus dezessete anos, sem nenhum preparo escolar ainda, senti-me acometido, de súbito, pelas dores do mundo, tal como deve ter acontecido ao jovem Buddha quando encontrou pela primeira vez a doença, a velhice e a morte."[8] Fora o prenúncio do seu pessimismo metafísico, que, todavia, não implica em ver apenas o lado sombrio da vida. Com efeito, a sua filosofia almeja uma espécie de consolo, ao procurar ser uma terapêutica em face dos grandes e inevitáveis males da vida e da existência.

A GLÓRIA • Era rico, não levou, contudo, uma vida de nababo. Vivia de maneira simples num imóvel alugado, com sala, cozinha e quarto. Apesar dos seus escritos pintarem as mulheres e o amor como um negócio, em que elas são tão perigosas quanto os padres em suas homilias – devendo-se, portanto, ter bastante cuidado ao negociar com essas duas classes –, reconheceu, entretanto, que cada um herda, da mãe, o intelecto, logo, a inteligência, e, do pai, a vontade, logo, o caráter. Inclusive foi agraciado com amores do belo sexo, dos quais resultaram dois filhos, cedo mortos.

Conquistou a plena glória intelectual com 70 anos de idade. Um discípulo de Hegel na época, Rosenkranz, denomina-o com ironia invejosa o "recém-empossado imperador da filosofia na Alemanha".[9] Essa glória ampliou-se pela Europa e pelas Américas. Uma queda que feriu a sua testa, ao ser noticiada num jornal de Frankfurt, com o esclarecimento de que fora sem gravidade, dá a dimensão da sua envergadura intelectual e pública. Era o pensador a ser lido e ouvido no seu tempo

Morreu subitamente aos 72 anos de idade, em 21 de setembro de 1860, provavelmente de colapso cardiopulmonar. Relata-se que em sua fisionomia não havia sinais de agonia. Quando seu cão Ātman o viu sem vida no sofá, gemeu de tristeza. O féretro, num nublado dia de outono, foi acompanhado por poucas pessoas. O sepultamento foi simples. Ninguém fez discurso de despedida.

Apesar de confessar, no final da vida, que era um buddhista, tendo inclusive adquirido uma estátua indiana de Buddha que mandou folhear a ouro e colocou na entrada dos seus aposentos para dizer a todos que chegassem quem ali reinava – estátua que ainda hoje pode ser vista nos Arquivos Schopenhauer de Frankfurt am Main –, não pediu para ser cremado. Em sua lápide, no cemitério principal da cidade de Frankfurt, a seu pedido, gravou-se apenas "Arthur Schopenhauer".

CACHORRO HERDEIRO • Como já adiantei, o grande companheiro de Schopenhauer foi o seu poodle. A prova dessa perene amizade materializou-se na nomeação do animal como um dos seus herdeiros. Dizendo de outro modo, a sua governanta receberia 300 moedas de ouro sob a condição de bem cuidar de Ātman até a morte natural do cão, proporcionando-lhe as melhores condições de vida, como se pessoa fosse. O parágrafo que nomeia o cachorro como um herdeiro está entre as mais belas páginas do filósofo. "O cachorro que eu possuir no momento da minha morte pode ficar com Margarethe Schnepp, se ela o quiser e prometer abrigá-lo em sua própria casa e não o abandonar num canil. Se ela não o quiser; então o Dr. Emden irá me testemunhar o último gesto de amizade, acolhendo o meu cachorro em casa até a sua morte natural; como ele prometeu. Quem dessas duas pessoas aceitar o cachorro, recebe do meu patrimônio de uma só vez e de imediato duzentos *Rheinische Gulden*, digo, 200 florins, como compensação para as despesas de alimentação."[10] Nos ajustes finais do testamento, a herança do cachorro foi elevada para 300 *Gulden*.

Ātman foi bem cuidado, até a sua morte natural, por Margarethe Schnepp. Ela de fato gostava do animal e já havia bem convivido com ele no período que trabalhou para o filósofo.

FILÓSOFO ALEMÃO COMO PERSONAGEM LITERÁRIA • Quando a glória bateu na porta de Schopenhauer, e a sua filosofia passou a ser moda literária da elite intelectual e artística europeia da segunda metade do século XIX, de imediato alguns ficcionistas colocaram as suas ideias na boca de personagens, ou até mesmo, como no caso de Richard Wagner, em letras de ópera. Ora, como a elite intelectual brasileira sempre foi conectada às tendências culturais europeias, tentando assim ombrear-se com o Velho Continente, obviamente que não escapou a ela – Machado de Assis inclusive – a novidade e o impacto espiritual do pessimismo metafísico schopenhaueriano. Pessimismo este centrado na reflexão sobre o sofrimento dos viventes, e que conclui, em afinidade com a primeira nobre verdade do buddhismo: "toda vida é sofrimento", e, com a segunda nobre verdade: a fonte do sofrimento é o desejo, ou seja, é a vontade da qual brota.

Todo filósofo alemão, normalmente abrigado numa biblioteca para proteger-se do rigoroso inverno hiperbóreo, é, nessa condição, natural candidato a personagem hilária da literatura. Compreende o mundo a partir de quatro paredes. De fato, nesse sombrio inverno, exilado do sol que aquece, da luz que faz a alegria da natureza, trancado nalgum lugar, o filósofo dali constrói o seu mundo ideal e diz coisas sobre lugares, coisas e situações que nunca vivenciou. Faz a sua construção ideal porque acredita que a sua faculdade de razão tem acesso privilegiado à realidade toda, e ele pode conhecê-la sem sair de seu gabinete, pois a sua razão, ou absoluto, confunde-se com a natureza mesma. Desse modo, na mente de um filósofo idealista alemão, o ideal corresponde ao real. O que é pensado é, ao mesmo tempo, uma construção *a priori* do mundo. Não à toa o conceito de construção é nuclear na filosofia da natureza do, nos termos de Schopenhauer, "mais inteligente" idealista, Schelling.

NOTAS

1 Cf. Gert Ueding, Historisches Wörterbuch der Rhetorik, 1998.
2 W I, 260.
3 Para alguns dados biográficos, cf. Safranski, 2001, p.422-423.
4 Apud Eduard Grisebach, 1897, p.220.
5 Ibidem.
6 Hugo Busch, 1950, p.109.
7 Hugo Busch, op.cit., p.110-111.
8 Apud Jair Barboza, 2015, p.3.
9 Rüdiger Safranski, 2001, p.513.
10 Arthur Schopenhauer, 1911.

CAPÍTULO 2

Quincas Borba como caricatura de Schopenhauer

QUINCAS BORBA • Machado de Assis publicou em 1880 as desconcertantes *Memórias póstumas de Brás Cubas*, em que – numa narrativa não linear, errática, com capítulos muitas vezes tematicamente desconexos entre si e eivada de divagações do defunto autor, intercaladas com chamamentos súbitos ao leitor para meditar sobre um determinado assunto – entra em cena em dado momento o filósofo pancada Quincas Borba, nascido em Barbacena, Minas Gerais, criador de uma singular filosofia, o assim chamado Humanitismo.

Somos informados que Quincas Borba fora grande amigo de infância do defunto autor, que nos conta então como, nos primeiros anos de escola, o futuro filósofo adorava arquitetar diatribes, tendo por alvo especialmente o professor Ludgero Barata. Decerto inspirado por tal sobrenome, deixava duas, três vezes por semana na algibeira da calça do mestre, ou na gaveta da sua mesa, ou ao pé do seu tinteiro, uma barata morta, para susto e bronca do professor.

O NÁUFRAGO DA EXISTÊNCIA

Vista panorâmica da cidade de Barbacena antiga (MG)

Quincas Borba, diz o narrador, ficava quieto, olhos fixados no ar, fazendo-se de desentendido. Apesar das diatribes, era uma flor. Nunca vira menino mais gracioso, mais inventivo, cuja mãe viúva sempre o trazia asseado e engomado. Esse tipo brincalhão tinha o gosto pela representação teatral no grupo de amigos, o que o fazia nas festas sempre representar alguém muito poderoso, "rei, ministro, general, uma supremacia qualquer que fosse". Afetava, portanto, grandeza social e intelectual, que transpareciam no garbo, na gravidade e na magnificência das atitudes e dos gestos.

Após essa apresentação que remonta a sua infância, ele desaparece das *Memórias*. Alguns capítulos adiante o reencontramos na rua, todavia pobre, magro, pálido, sem ter o que comer, vestindo roupas de quem escapou do cativeiro da Babilônia. As calças de brim pardo tinham as bainhas roídas. Brás Cubas diz que o maltrapilho contava então cerca de 40 anos de idade. Por cima das esfarrapadas roupas, prossegue, usava uma sobrecasaca larga, num preto que cedia ao amarelo sem brilho, sendo que dos oitos primitivos botões restavam apenas três. Tinha no pescoço as pontas de uma gravata de duas cores apertando um colarinho de oito dias. Um miserável que não tinha recursos para cuidar da aparência, uma sombra daquele menino asseado e elegante dos tempos de escola.

Tal aparência horrível causou repulsa em Brás Cubas. "Quincas Borba! Não; impossível; não pode ser. Não podia crer que essa figura esquálida, essa barba pintada de branco, esse maltrapilho avelhentado, que toda essa ruína fosse o Quincas Borba. Mas era." Notando o espanto do amigo, explica-lhe: "Uma vida de misérias, de atribulações e de lutas. Lembra das nossas festas, em que eu figurava de rei? Que trambolhão. Acabo mendigo…"

Pede dinheiro ao Brás, justificando que era necessário comer. Porém, na sua atual condição, ninguém lhe vendia fiado. Disse que morava "no terceiro degrau das escadas de São Francisco".[1]

Após se despedirem, Brás Cubas surpreendeu-se novamente. Quincas Borba roubara-lhe o relógio de bolso no abraço de despedida. A miséria tem seus ardis.

Mas o que não é a vida com suas reviravoltas? Algum tempo depois, Brás Cubas ficou estupefato com uma carta do amigo em que revelava ter herdado grande fortuna de um parente próximo. Contudo, a notícia mais relevante era a de que concebera um novo sistema de filosofia, o Humanitismo – termo oriundo de Humanitas, ser humano ou humanidade –, que explicava a origem e a consumação das coisas, retificava o até agora torto espírito humano, uma filosofia máxima que fazia vergonha a todas as anteriores e que assegurava aos mortais duas coisas sempre desejadas e nunca alcançadas pelos outros sistemas filosóficos: a supressão da dor e a certeza da felicidade. Ou seja, um sistema otimista de pensamento.

Meu caro Brás Cubas,

Há tempos, no Passeio Público, tomei-lhe de empréstimo um relógio. Tenho a satisfação de restituir-lho com esta carta. A diferença é que não é o mesmo, porém outro, não digo superior, mas igual ao primeiro. Que voulez-vous, monseigneur? – como dizia Figaro, – c'est la misère. Muitas coisas se deram depois do nosso encontro; irei contá-las pelo miúdo, se me não fechar a porta. Saiba que já não trago aquelas botas caducas, nem envergo uma famosa sobrecasaca cujas abas se perdiam na noite dos tempos. Cedi o meu degrau da escada de São Francisco; finalmente, almoço. Dito isto, peço licença para ir um dia destes expor-lhe um trabalho, fruto de longo estudo, um novo sistema de filosofia, que não só explica e descreve a origem e a consumação das coisas, como faz dar um grande passo adiante de Zenon e Sêneca, cujo estoicismo era um verdadeiro brinco de crianças ao pé da minha receita moral. É singularmente espantoso esse meu sistema; retifica o espírito humano, suprime a dor, assegura a felicidade, e enche de imensa glória o nosso país. Chamo-lhe Humanitismo, de Humanitas, princípio das coisas. Minha primeira ideia revelava uma grande enfatuação: era chamar-lhe borbismo, de Borba; denominação vaidosa, além de rude e molesta. E com certeza exprimia menos. Verá, meu caro Brás Cubas, verá que é deveras um monumento; e se alguma coisa há que possa fazer-me esquecer as amarguras da vida, é o gosto de haver enfim apanhado a verdade e a felicidade. Ei-las na minha mão essas duas esquivas; após tantos séculos de lutas, pesquisas, descobertas, sistemas e quedas, ei-las nas mãos do homem. Até breve, meu caro Brás Cubas. Saudades do

Velho Amigo
Joaquim Borba dos Santos

Chama a atenção, portanto, o fato de Quincas Borba pensar que mais importante que devolver ao seu amigo o relógio, não o roubado, mas um novo e bonito com as iniciais do destinatário gravadas, mais importante até mesmo que a fortuna herdada, era ter concebido um singular sistema de filosofia, o Humanitismo, depois de inúteis "séculos de lutas, pesquisas, descobertas, sistemas e quedas". Uma filosofia que, estava convencido, apanhava a verdade, e trazia uma receita moral para suprimir a dor e assegurar a felicidade.

Quer dizer, em sua origem, o Humanitismo é um otimismo, e choca-se contra qualquer concepção pessimista de mundo, para a qual, como é o caso do pessimismo de Schopenhauer, "toda vida é sofrimento", e a felicidade não passa de uma quimera. Mas Borba defendia na carta que o verdadeiro é o contrário, e assegura a felicidade aos seus leitores.

Brás Cubas guarda a carta e o relógio, e fica à espera da exposição detalhada da filosofia de Borba.

Quanto a sua aparência, o filósofo voltou a vestir boas e belas roupas, botão de ouro ao peito, botas engraxadas. O garbo recuperado associava-se agora a gestos metódicos e a uma voz grave.

QUINCAS BORBA EM *QUINCAS BORBA* • Essa personagem afigura-se tão marcante para o próprio Machado de Assis que ele o imigra para o seu próximo romance, fazendo-o reaparecer na cena de abertura da versão primeira de *Quincas Borba*. Em verdade, Machado de Assis pega um determinado espaço-tempo perdido das *Memórias*, com vistas a descrever o naufrágio existencial do filósofo. Vemo-lo novamente miserável, não financeiramente, porque agora rico, mas psiquicamente. Encontra-se possuído pelo avançado estágio de uma doença que lhe corroía as vísceras e o cérebro. Portanto, a sua filosofia de natureza otimista, como veremos adiante com mais detalhes, não lhe auxiliara muito. Restara-lhe, contudo, o consolo espiritual da amizade de seu outro discípulo, o professor Rubião. Completa a cena de abertura dessa versão primeira do romance o animal de companhia do filósofo: "Havia ali ainda outra criatura, deitada no chão, com a cabeça levantada, olhando para o médico, interrogativo: era um cão, o cão do doente, que mal saía do quarto, desde longas semanas".[2]

O narrador em terceira pessoa, que tem paciência para com o cachorro, não a tem para com o filósofo que ali se despedia da vida. Ao justificar essa impaciência, revela o porquê do título da obra que se seguirá: "não precisamos dele, e a terra que lhe seja leve; só precisamos do nome do homem, e não pelo homem, senão pelo cão, por este mesmo cão que o amigo enfermeiro acarinha, explicando-lhe que quando falou em Quincas Borba não se referia a ele, mas ao senhor. O que quer dizer, em duas palavras, que o nome era comum ao cachorro e ao dono".[3] Portanto, o narrador, embora num primeiro momento refira-se ao filósofo que nos foi apresentado nas *Memórias*, deixa implícito que o título da obra se refere ao cachorro; até porque o filósofo morrerá em breve, sumindo da narrativa, enquanto o cachorro percorrerá toda ela.

O professor Rubião, igualmente mineiro, que também ali se encontrava ao lado do moribundo, é um "desenganado da política". Trata-se de um caráter pusilânime, de escassos recursos intelectuais, um fracassado nos negócios, que não sabia o que fazer da vida, restando-lhe apenas a opção de ser professor, "para comer alguma coisa, e morrer em alguma parte". Não simpatizava com o animal, todavia, para não aborrecer o amigo moribundo, ensaia naquela cena de abertura algum carinho no bicho, ali triste ao pressentir o destino do seu senhor. O carinho fingido inclui esfregar as orelhas do animal, beijá-lo acima dos olhos, excitá-lo a dar pulos; todavia o cachorro Quincas Borba fica indiferente: "o cão, como se tivesse melhor compreensão da inconveniência do rumor, ao pé do doente, olhou triste para a cama, e foi deitar-se ao pé da cabeceira".[4]

Como adiantado por Brás Cubas na sua caracterização de Quincas Borba filósofo, este exibia nos seus tempos áureos grandeza intelectual, que se traduzia na sua aparência, geralmente composta de botas de primeira qualidade e vestimentas imponentes enfeitadas com botões de ouro. Afigurava-se assim um "desembargador sem beca, um general sem farda, um negociante sem *déficit*".

Gostaria agora de recuperar para a minha memória aquela caricatura de Schopenhauer desenhada por Busch. Ali ele aparece ao lado do seu inseparável cachorro. Então, suplemento-a com a fotografia a seguir.

Tomo a liberdade de dar asas à fantasia para – com as duas obras em mente, observando a sobrecasaca da figura, nela as grandes abas e os grandes botões que lhe conferem um ar solene, garboso, numa pose que foi igualmente destacada em retratos pintados e daguerreotipados, os quais sempre representam uma filósofo altivo, nobre, de elevado extrato socioeconômico, que transbordava nas vestimentas o seu grande orgulho intelectual – ver aí uma imagem que se confunde, numa espécie de superposição, ao nosso Quincas Borba com a sua sobrecasaca de botões de ouro.

O NÁUFRAGO DA EXISTÊNCIA

Arthur Schopenhauer em 1846

QUINCAS BORBA COMO CARICATURA DE SCHOPENHAUER

Acrescente-se ao figurino semelhante o mesmo apego amoroso de ambos os filósofos aos seus cães de companhia, até o ponto de os tratarem como pessoas. Com efeito, antes de fazer uma viagem de negócios e de cura de Barbacena ao Rio de Janeiro, prelúdio do colapso psíquico que se aproximava, o "náufrago da existência" Quincas Borba roga ao amigo Rubião para cuidar extremadamente do seu animal. "Dê-lhe leite às horas apropriadas, as comidas todas do costume, e os banhos; e quando sair a passeio com ele, olhe que não vá fugir. Não, o melhor é que não saia... não saia..." Rubião procurava acalmá-lo, que viajasse em paz pois iria, sim, bem tratar o seu cão. Quincas Borba, prossegue o narrador, chorava pelo outro Quincas Borba. "Chorava deveras; lágrimas de loucura ou de afeição, quaisquer que fossem, ele as ia deixando pela boa terra mineira, como o derradeiro suor de uma alma obscura, prestes a cair no abismo."[5]

Se consultamos a filosofia de Schopenhauer sobre o tema do *choro*, leremos que é uma convulsão psicofísica que expressa compaixão pelo sofrimento de outrem. No fundo, é compaixão pela condição humana, ou seja, de quem chora por si mesmo, enquanto ser finito, transitório, sujeito aos golpes do destino, que é ora brincalhão, ora malvado, ora bondoso, ora destruidor, conforme o seu humor do dia e das horas. Na compaixão, argumenta Schopenhauer, o indivíduo sente a fragilidade e a fugacidade da criatura que sofre à sua frente, ao colocar-se no seu lugar, e perceber que um leve golpe do destino é suficiente para aniquilar não apenas quem é ajudado, mas também quem ajuda. É a sensação de impotência em face dos desígnios da natureza, que não se compadece – *natura non contristatur* – dos indivíduos que sofrem e se vão, enquanto a espécie a que pertencem (e que representam) fica intocável.

• 51 •

A garantia para que o cachorro seja bem cuidado é astutamente arquitetada no testamento deixado pelo filósofo de Barbacena. De fato, depois que a loucura toma conta do seu cérebro, e ele naufraga na existência, aberto o seu testamento, lê-se: o cachorro é o herdeiro! Quer dizer, o professor Rubião receberia o capital inteiro do testador, tudo, tudo passaria para as suas mãos, com uma única condição: a de que o herdeiro tratasse bem o cachorro Quincas Borba, como se este fosse o testador, até a morte. Rubião não deveria poupar nada em seu favor: "resguardando-o de moléstias, de fugas, de roubo ou de morte que lhe quisessem dar por maldade; cuidar finalmente como se cão não fosse, mas pessoa humana". Quando o animal morresse, sua sepultura deveria ser coberta de "flores e plantas cheirosas; e mais desenterraria os ossos do dito cachorro, quando fosse tempo idôneo, e os recolheria a uma urna de madeira preciosa para depositá-los no lugar mais honrado da casa".[6]

Ora, todo esse cuidado com o animal é fato narrativo que me remete de imediato à biografia de Schopenhauer. Mais precisamente àquele fato biográfico elencado na introdução deste ensaio, dado esse ao qual Machado de Assis teve acesso, a citar: que o filósofo de Frankfurt deixou parte de sua herança para o seu cachorro de companhia. Noutros termos, em ambos os casos, o testador exige de um herdeiro humano que, para usufruir da herança, não apenas cuide de seu cão, mas o trate como pessoa, até o final da vida. Com efeito, a fortuna legada aos seus animais – pensam doutrinariamente os dois testadores – seria índice da perduração deles em seus fiéis companheiros de vida.

CONTRA O ANTROPOCENTRISMO E O ANTROPOMORFISMO • Um lugar-comum da filosofia ocidental, desde os antigos, passando pelos medievos e modernos, é abrir um abismo cognitivo e moral intransponível entre o animal humano e o animal não humano. Justificam isso atribuindo à faculdade de razão, que apenas o humano teria, a capacidade da autodeterminação do sujeito. Os animais, ao contrário, mesmo os mais complexos, seriam incapazes dessa liberdade conferida pela razão, porque totalmente escravos dos instintos e do meio em que vivem. A tradição filosófica postula, assim, que tanto os instintos do ser humano quanto o meio em que vive não exerceriam sobre ele influências determinantes caso usasse o freio racional. Conferiram à razão o poder da liberdade, mesmo que este implique em violência à sensibilidade. Com isso o ser humano, diferentemente dos animais, seria capaz de alforriar a si mesmo da escravidão dos instintos. No fundo, essa predominante forma de pensamento pressupõe a razão como primária, e a vontade, os desejos como secundários.

Esse é o orgulho racionalista que irmana a maioria dos filósofos numa visão antropocêntrica e antropomórfica de mundo, a qual, em essência, enraíza-se na religião, mais precisamente no Antigo Testamento e na sua influente tradução alemã, por Lutero, de 1545, em cujo Gênesis 1,26 lê-se que a dileta criação divina que é o humano deve dominar (*herrschen*), os animais e a natureza. "E disse Deus: Façamos o homem a nossa imagem, conforme a nossa semelhança; domine [*herrschen*] ele sobre os peixes do mar, sobre as aves do céu, sobre os animais domésticos, e sobre toda a terra, e sobre todo o réptil que se arrasta sobre a terra."[7]

A maneira de Deus relacionar-se com os humanos deve ser a mesma que a dos humanos com os animais, vale dizer, pelo arbítrio exercido sobre eles, sem recomendação de bons tratos.

Após Deus ter criado o homem e a mulher a sua imagem e semelhança, o Gênesis 1,28 reafirma a posição imperial do humano: "Frutificai e multiplicai-vos; enchei a terra e sujeitai-a; dominai [*herrscht*] sobre os peixes do mar, sobre as aves do céu e sobre todos os animais que se arrastam sobre a terra".

Por fim, o Gênesis 9,2 coroa a imagem do homem imperador da natureza: "Terão medo e pavor [*Furcht und Schrecken*] de vós todo animal da terra, toda a ave do céu, tudo o que se move sobre a terra e todos os peixes do mar; nas vossas mãos são entregues".

Essa concepção do Gênesis enraizou-se profundamente não só na mentalidade filosófica ocidental, mas também na científica, política e teológica. Na filosofia, o exemplo mais maléfico é dado pelo pai intelectual da modernidade, Descartes, que defende textualmente em seu *Discurso sobre o método* que os humanos devem tornar-se "senhores e possuidores da natureza". Kant o segue e, na *Fundamentação da metafísica dos costumes*, diz que os animais são "coisas", isto é, meios para fins; logo, poderiam ser usados e manipulados, enquanto o ser humano, contrariamente, devido a sua capacidade de autodeterminação racional, seria um fim em si mesmo e não poderia ser violado em sua dignidade, isto é, não poderia, como o animal, ser usado como um meio para um fim.

Ora, contrapondo-se a essa tradição antropocêntrica e antropomórfica, Schopenhauer trata, por exemplo, o seu cachorro como pessoa, que teria de vir a ser abrigado pelo direito civil e criminal. Todo animal, alerta, "é em essência o mesmo que o ser humano", e, tanto quanto este, quer viver sem sofrer. Em sua metafísica da natureza, humano e animal são em essência a mesma Vontade de vida.

O mundo, observa Schopenhauer, não é uma engrenagem mecânica, nem os animais são uma peça para o nosso uso. A ética de Schopenhauer, por outro lado, fundada na compaixão, remete ao Novo Testamento e ao buddhismo, e faz desse sentimento o sustentáculo de uma "ética da melhoria", de uma "formação moral" contra a maldade inata do ser humano. Por isso, antecipou um lema para as sociedades protetoras dos animais: "Compaixão com animais liga-se tão estreitamente à bondade de caráter, que se pode afirmar, com segurança, que quem é cruel com animais não pode ser uma boa pessoa".[8]

NOTAS

1 MPBC, LIX.
2 QB1, I.
3 QB1, I.
4 QB1, II.
5 QB, VIII.
6 QB, XIV.
7 Gênesis 1,26 e demais citações bíblicas: trad. Almeida atualizada, versão para aplicativo iOS *Bíblia pão e vida*. Desenvolvedor: Felipe Frizeiro.
8 Schopenhauer, 1988a, p.599.

PARTE II

PARÓDIA

CAPÍTULO 3

Machado de Assis e a paródia

*Do sublime ao ridículo há
apenas um passo.*

NAPOLEÃO

OS ANTIGOS E A NOÇÃO DE IMITAÇÃO • Como adiantamos no prólogo, havia uma pequena biografia de Schopenhauer, escrita por J. Bourdeau, disponível na biblioteca de Machado de Assis, na qual o autor destaca da figura do filósofo a sua mistura de loucura e genialidade, e a amizade com um cachorro, grande a ponto de torná-lo herdeiro. Isso tudo me permite, semelhantemente a um historiador que se serve da própria fantasia para interpretar documentos encontrados num arquivo, no presente caso, numa biblioteca, reconhecer no Quincas Borba machadiano uma caricatura de Schopenhauer. Tal tese se confirma se a ligarmos a esta outra: o Bruxo do Cosme Velho também parodiou a filosofia do grande pessimista alemão, na forma do Humanitismo filosófico de Quincas Borba.

Antes, porém, de expor como essas duas teses se implicam e, assim, explicitar como opera o "subversivo narrador machadiano",[1] algumas breves linhas sobre o que compreendo por paródia. Linhas que serão escritas a partir da noção de imitação, mímesis, que resgato de um célebre antagonismo conceitual entre Platão e Aristóteles, que marcou toda a produção e história da arte ocidental subsequentes, até os dias de hoje, apesar do niilismo das vanguardas artísticas que se insurgiram virulentamente contra aquela noção, mas, com isso, apenas reacenderam o debate sobre ela.[2]

Paródia vem do grego παρωδία, em que o prefixo παρα significa "junto a", "semelhante a", e o sufixo ωδία significa "ode", "canto". Paródia é, pois, uma ode, um canto semelhante. Ela tem, conseguintemente, um referente por ela imitado. Com o tempo, passou a significar, em termos literários, uma criação intertextual baseada na *imitação deformadora de procedimentos estilísticos e teses de uma obra conhecida*, objetivando o efeito cômico. Como a caricatura, ela prima, portanto, pela deformação do modelo original por ela imitado.

Por seu turno, o conceito de imitação é um dos mais famosos da filosofia ocidental. Ele foi tratado por Platão e Aristóteles num contexto de discussão sobre o estatuto de verdade das artes. Os dois filósofos investigaram até que ponto a imitação artística revela ou não a íntima natureza dos objetos. Noutros termos, uma obra de arte exibiria fielmente o que é a coisa representada ou seria apenas um pobre simulacro alimentador da mentira, logo, do vício?

A resposta dada por Platão foi depreciadora. Para ele, o objeto artístico, ao imitar a natureza, imita a já imitação de algo originário, os chamados arquétipos ou formas eternas das coisas do mundo, que ele denominou Ideias. Nesse sentido, a obra de arte, ao trabalhar com a imitação de uma imitação, isto é, com a representação de coisas secundárias, transitórias, imperfeitas, trata de imagens bem distantes das Ideias arquetípicas, logo, da verdade. Ela exporia simples aparências, semelhantes a sombras projetadas na parede de uma caverna, que são tomadas por verdadeiras por prisioneiros acorrentados, impedidos de virar o rosto para objetos alumiados por uma luz que entra pela abertura superior do antro; ou seja, a arte toma as sombras de objetos como se estas fossem eles mesmos, dos quais, no entanto, são mera projeção. Assim, de uma determinada cadeira, existiria uma Ideia originária dela, concebida por mente divina, e a sua cópia imitativa, a cadeira fabricada pelo marceneiro; já a cadeira representada pelo pintor seria a imitação dessa segunda cadeira, portanto, a imitação de uma imitação. Com o que o artista situar-se-ia duas vezes mais distante que o marceneiro da verdade. A obra de arte, ademais, por ser simulacro, por mentir, corromperia, segundo Platão, moralmente as pessoas. Ela é viciosa. É um dos motivos para ele expulsar os poetas de sua república ideal.

O seu mais inteligente aluno, Aristóteles, divergiu do mestre, e respondeu que o poeta, o artista em geral, no seu processo de criação, não imita imitações, ou sombras de caverna, mas, ao imitar coisas da natureza, imita em verdade a *physis* no seu processo de criação de produtos. O poeta, por conseguinte, cria na condição de natureza, faz um objeto nascer, e, desse modo, antecipa o que depois a efetividade vai apresentar. Daí a famosa frase da sua *Poética*, que soa que a poesia é mais filosófica que a história, vale dizer, a primeira contém mais verdade que a segunda. Pois, enquanto a história lida com o que aconteceu, a poesia lida com o que é *possível* acontecer. Porém, tudo o que acontece só acontece porque antes fora possível. Sendo assim, a realidade apenas (re)apresenta o que o poeta concebera ao operar em si o processo de criação no mundo dos possíveis. O poeta, dessa perspectiva, enquanto natureza criadora, antevê pessoas e acontecimentos que, depois, efetivar-se-ão. Logo, aristotelicamente, é correto dizer que a vida imita a arte.

Ora, a paródia e a caricatura, a partir desse contexto platônico-aristotélico, por imitarem algo anteriormente dado, podem ser consideradas a imitação de uma imitação. Dessa perspectiva, se o autor de uma paródia ou caricatura não acrescenta elementos inéditos a sua obra, que imita a de outro artista, pode ser acusado de plágio, justamente por não ter ido além do original, mas meramente se serviu dele para adquirir indevida projeção. Foi o risco que correu Machado de Assis em relação à caricatura e à paródia de Schopenhauer, risco que, galhardamente, como veremos, superou com genialidade.

UMA PARÓDIA MACHADIANA • O ótimo domínio que Machado de Assis tinha da técnica caricatural, associado à paródica, pode ser bem observado na crônica "O autor de si mesmo", publicada em 16 de junho de 1895 na *Gazeta de Notícias* de Porto Alegre, na qual se nota precisamente a sua predileção por Schopenhauer e a sua filosofia como objeto privilegiado de caricatura e paródia. O que decerto me permite retrocognitivamente demonstrar, a partir desse, por assim dizer, "ato falho" do seu processo de criação na crônica, como o autor carioca transformou, de fato, em *Memórias* e *Quincas Borba*, Schopenhauer com sua filosofia numa personagem da literatura brasileira.

A crônica narra, a partir da notícia do jornal gaúcho, como o casal Guimarães e Cristina matou, com crueldade, o próprio filho Abílio, quando, depois de muito maltratá-lo, o abandonou numa estrebaria, onde foi por três dias consecutivos bicado por galinhas.

Ali estava a oportunidade para o gênio do Cosme Velho operar humoristicamente com a "Metafísica do amor sexual", suplemento 44 de *O mundo como vontade e como representação* de Schopenhauer, em que o filósofo germânico expõe a tese de que, quando um casal heterossexual é flechado por Cupido, já na primeira troca dos seus olhares, em que a chama do amor é acesa, tem-se em termos metafísicos uma criança em Ideia que executa essa inflamação. Se não houver obstáculos contra a sua vinda ao mundo, por exemplo, a sociedade ou os parentes ou algum apaixonado preterido, essa flecha de Cupido selará um enamoramento cujo resultado será mais um indivíduo a vir ao mundo, representando uma acentuação da Ideia de humanidade. Indivíduo que, do pai, herdará a vontade; da mãe, o intelecto. Isso significa dizer que o casal não escolhe formar-se, mas é inconscientemente formado por alguém que quer nascer. No trabalho de acasalar os próprios genitores, a futura criança que quer vir ao mundo torna-se, então, segundo Schopenhauer, "o autor de si mesmo", justamente o título da crônica machadiana.

Ora, diante desse pano de fundo metafísico, qual, então, a explicação para Guimarães e Cristina terem matado quem os uniu, em vez de agradecer-lhe? Por que o filho Abílio, privilegiado metafisicamente em seu trabalho de enamoramento, foi tão péssimo autor de si mesmo?

PARÓDIA NA PINTURA E NA POESIA

PINTURA • Quanto mais conhecida é uma determinada obra de arte, tanto mais cômico é o efeito da sua imitação paródica. Aqui penso na *Mona Lisa* de Leonardo da Vinci (1452-1519), que talvez seja, ao lado do seu afresco *A última ceia*, a obra de arte mais presente e parodiada na cultura ocidental. Obra que teve uma tal inflação de deformações que estas perderam progressivamente o poder de despertar o riso. Ainda assim, pelo lugar central dela na cultura do Ocidente, algumas de suas imitações por artistas de vanguarda, como Marcel Duchamp (1887-1968) e Salvador Dalí (1904-1989), ainda impactam comicamente o espectador.

Leonardo da Vinci
Mona Lisa (1503-1506)

Marcel Duchamp
L H O Q (1919)

Salvador Dalí
Autorretrato como Mona Lisa (1954)

MACHADO DE ASSIS E A PARÓDIA

POESIA • Um dos poemas mais parodiados na literatura de língua portuguesa é sem dúvida a brasileira "Canção do exílio" de Gonçalves Dias. Uma dessas paródias, em tom erótico, de Ferreira Gullar, é a "Nova canção do exílio".

Canção do exílio (1846)

Minha terra tem palmeiras,
Onde canta o Sabiá;
As aves, que aqui gorjeiam,
Não gorjeiam como lá.

Nosso céu tem mais estrelas,
Nossas várzeas têm mais flores,
Nossos bosques têm mais vida,
Nossa vida mais amores.

Em cismar, sozinho, à noite,
Mais prazer encontro eu lá;
Minha terra tem palmeiras,
Onde canta o Sabiá.

Minha terra tem primores,
Que tais não encontro eu cá;
Em cismar - sozinho, à noite -
Mais prazer encontro eu lá;
Minha terra tem palmeiras,
Onde canta o Sabiá.

Não permita Deus que eu morra,
Sem que eu volte para lá;
Sem que desfrute os primores
Que não encontro por cá;
Sem qu'inda aviste as palmeiras,
Onde canta o Sabiá.

Nova canção do exílio (1997)[3]

Minha amada tem palmeiras
Onde cantam passarinhos
e as aves que ali gorjeiam
em seus seios fazem ninhos

Ao brincarmos sós à noite
nem me dou conta de mim:
seu corpo branco na noite
luze mais do que o jasmim

Minha amada tem palmeiras
tem regatos tem cascata
e as aves que ali gorjeiam
são como flautas de prata

Não permita Deus que eu viva
perdido noutros caminhos
sem gozar das alegrias
que se escondem em seus carinhos
sem me perder nas palmeiras
onde cantam os passarinhos

Decerto o poema de Gullar colocou para si uma difícil tarefa, pois, as leitoras hão de concordar, o erótico presta-se pouco ao humor, porque excitante.

Importa ainda destacar que a distorção paródica, embora pressuponha um original conhecido, não depende dele para seu sucesso cômico. Mesmo sem conhecer a *Mona Lisa* de Leonardo, quem vê um rosto feminino de bigode pode ter o riso despertado, embora talvez ele seja mais intenso em quem conhece o original. Isso também vale para a distorção caricata: para o efeito estético desses tipos de imitação, o que importa é o leitor e o espectador notarem, mesmo se inconscientemente, os exageros e as inconsistências da obra fruída.

A incongruência que compõe a ironia machadiana baseia-se, de um lado, na metafísica de o amor sexual de Schopenhauer mostrar uma nova vida que quer viver e escolhe o veículo do seu nascimento; de outro, no absurdo dessa escolha malfeita no próprio domínio da onisciência, o metafísico, em que está inserida a Ideia da futura criança. Quer dizer, tem-se aqui o caso estranho de uma criança que errou, mesmo habitando o mundo verdadeiro. A Ideia e a realidade não se casaram no casamento de Guimarães e Cristina.

A crônica machadiana, que já no título se refere a uma tese metafísica de Schopenhauer, no transcorrer dela aproveita para efetuar outra distorção paródica do filósofo, nomeadamente, de uma marca estilística dele: a mania de referir-se a si, ao, muitas vezes, reenviar o leitor, depois de uma complexa exposição conceitual, a outras obras suas, pois só assim conseguiria aprofundar-se no aprendizado da sua metafísica.

— Não te lembras que, quando Guimarães passava e olhava para Cristina, e Cristina para ele, cada um cuidando de si, tu és que os fizeste atraídos e namorados? Foi a tua ânsia de vir a este mundo que os ligou sob a forma de paixão e de escolha pessoal. Eles cuidaram fazer o seu negócio, e fizeram o teu. Se te saiu mal o negócio, a culpa não é deles, mas tua, e não sei se tua somente... Sobre isto, é melhor que aproveites o tempo que ainda te sobrar das galinhas, para ler o trecho da minha grande obra, em que explico as coisas pelo miúdo. É uma pérola. Está no tomo II, livro IV, capítulo XLIV.

Note-se: o nosso "escritor máximo", ao mesmo tempo que desenha a caricatura de Schopenhauer, parodia o seu estilo.

• 66 •

MACHADO DE ASSIS E A PARÓDIA

Restou a Abílio, depois da imputação moral de Schopenhauer, e em meio aos "uis" e "ais", retrucar:

— *Será verdade o que dizes, Artur; mas é também verdade que, antes de cá vir, não me doía nada, e se eu soubesse que teria de acabar assim, nas mãos dos meus próprios autores, não teria vindo cá. Ui! Ai!*

Esse mergulho na oficina de criação machadiana me permite, então, retrocognitivamente defender as teses sobre a caricatura e a paródia de Schopenhauer feita em relação à personagem Quincas Borba e ao seu Humanitismo. Ademais, também me é risível nas passagens acima o outro contraste, que Machado de Assis estabelece, entre a metafísica do amor sexual e a realidade de Abílio: este reconhece, ao final, que, em verdade, não é o autor de si mesmo, pois se refere aos seus pais como "meus próprios autores".

RISO • O gatilho do riso caricato e paródico nessa crônica de Machado de Assis é acionado, de um lado, na súbita percepção da incongruência entre um conceito, o de cuidadosa escolha dos genitores para nascer, e a crua realidade porto-alegrense que não lhe corresponde; de outro, no fato de essa criança, suposta autora de si, admitir, como para eximir-se da responsabilidade da escolha que lhe imputara Schopenhauer, que seus pais são os verdadeiros autores dela.

Na seção 13 do tomo I da obra magna desse filósofo, encontramos uma boa definição de riso, que nos ajuda a compreender a comicidade paródica. O riso é ali definido sinteticamente como a subsunção paradoxal e, por conseguinte, surpreendente de um

• 67 •

objeto sob um conceito que não lhe corresponde em alguns aspectos, embora, sim, corresponda em outros diferentes. Por conseguinte, diz Schopenhauer, em tudo aquilo que desperta riso, tem de ser possível demonstrar uma coisa ou um evento que decerto pode ser subsumido sob uma determinada definição, logo pode ser por esta pensado, porém em outro e predominante aspecto não lhe pertence de modo algum, e, em tudo, difere flagrantemente do que é de resto pensado pelo conceito da coisa ou do evento. Em realidade, o riso ocorre porque expectativas são criadas e imediatamente quebradas. Essa súbita quebra dispara o gatilho do riso. Quanto maior e mais inesperada é essa incongruência subitamente percebida, tanto mais frenético é o riso.

Schopenhauer, ademais, observa que quem opera com paródias introduz nos acontecimentos poéticos e dramáticos pessoas reles e insignificantes, movidas por motivos e ações mesquinhos, e, assim, costuma incluir realidades vulgares em elevadas noções, nas quais essas pessoas se ajustam em certos aspectos, enquanto noutros discrepam flagrantemente. Foi exatamente o que ocorreu com as personagens gaúchas daquela crônica machadiana, as quais, em suas realidades vulgares, foram consideradas mediante elevados conceitos da *Metafísica do amor sexual*. Conceitos esses que são mencionados pela própria personagem machadiana Schopenhauer, no diálogo com o menino Abílio, quando o filósofo tenta, no meio do martírio da criança, convencê-la da sua tese sobre o amor sexual, afinal o seu sistema, vangloriava-se, era muito simples de ser compreendido. No entanto, tais conceitos, que apontam para uma escolha correta antes do nascimento, discrepam, de um lado, da realidade empírica do erro de morrer cedo por bicadas

MACHADO DE ASSIS E A PARÓDIA

de galinha e, de outro, do fato de Abílio não ter sido, segundo a crônica, o autor se si mesmo.

A paródia, nesse contexto, aparece como uma incongruência entre a teoria schopenhaueriana acerca da origem metafísico-biológica de uma criança, teoria cuja síntese a própria crônica faz, e um choque dessa teoria com a realidade de um infanticídio.

NOTAS

1 Benedito Nunes, 1989, p.21. Nunes fala de "rebaixamento caricatural" da *filosofia* feita por Machado (*ibidem,* p.10). Todavia, caricatura, como mostrei, tem a ver com deformação de traços *pessoais*, não de pensamentos. Já no que se refere a uma discussão sobre o estilo em arte e em filosofia, aí, sim, poder-se-ia falar em possível rebaixamento *paródico*. Nesse sentido, no que tange à filosofia de Schopenhauer, Machado de Assis fez dela, como veremos, uma paródia carinhosa, para usar os felizes termos – embora empregados num contexto diferente – de Gledson.

2 Para o conceito de mímesis, cf. Platão, 2000, livros III e X; Aristóteles, 2005, seção IX.

3 Ferreira Gullar, 2000.

CAPÍTULO 4

Humanitismo como paródia do pessimismo metafísico

UMA CONFISSÃO • O momento mais confessional de Machado de Assis sobre a sua recepção e assimilação filosófica de Schopenhauer ocorre, de maneira implícita, primeiro, no Prólogo assinado por ele mesmo à quarta edição das *Memórias póstumas de Brás Cubas*, e, depois, na introdução desta obra, "Ao Leitor", escrita pelo defunto autor lá do outro mundo. Curioso, pois, é notar que Machado cita esta introdução como se ela não tivesse sido escrita por ele, e sim pelo defunto autor. Uma bruxaria que pode provocar a vertigem nos leitores.

No Prólogo, Machado de Assis cita a mencionada introdução de Brás Cubas (sua personagem) e diz que a singularidade da obra deste reside nas "rabugens de pessimismo" nela metidas. Emenda dizendo que a obra do finado é atravessada do começo ao fim por um "sentimento amargo e áspero". Contudo, isso admite o próprio Brás Cubas, tais rabugens *não* vieram dos seus modelos literários, Sterne e Xavier de Maistre. Ora, se não, de onde vieram? A audiência deste ensaio já sabe. Decerto vieram da filosofia pessimista. Ademais, a personagem filosófica que é o mestre do autor das *Memórias póstumas*, a reaparecer no ulterior romance *Quincas Borba*, tem como principal objetivo de vida lutar contra o "pessimismo amarelo e enfezado", a "moléstia do século", que não demoraria a chegar nos solos tropicais. E qual filosofia pessimista dominava a Europa na segunda metade do século XIX, período em que vivia o finado? Sem dúvida, aquela do grande acontecimento cultural europeu nomeado por Nietzsche, a de Schopenhauer.

Quincas Borba, então, aqui dos trópicos, travará uma batalha filosófica mortífera contra esse pessimismo. Porém, embora rejeite algumas das suas teses, e outras apenas inverta, curiosamente a principal delas, como adiante examinaremos, é aclimatada à sua filosofia, a saber, a do monismo da substância única, da identidade metafísica dos seres para além da pluralidade das aparências. O nome que Quincas Borba dá a essa substância única é Humanitas, daí o seu Humanitismo, enquanto Schopenhauer, sabemos, dá a ela o nome de Vontade de vida.

QUADRIPARTICÃO • A obra magna do filósofo mineiro compõe-se de quatro livros manuscritos, não publicados, dos quais se ignoram o título e os subtítulos, nem se sabe o porquê dessa sua predileção arquitetônica. Mas semelhante quadripartição remete à da obra magna de Schopenhauer, *O mundo como vontade e como representação*, também composta de quatro livros, cuja arquitetônica ele justifica pelos quatro grandes blocos temáticos ali tratados: teoria do conhecimento, metafísica da natureza, metafísica do belo, metafísica da ética.

HUMANITISMO COMO PARÓDIA DO PESSIMISMO METAFÍSICO

Quadripartição que, nos dois filósofos, apresenta a decifração do enigma da vida e da existência, que, segundo eles, nunca fora conseguida por cérebro algum. Suas cosmovisões, monistas, suplantariam todas as anteriores. Uma evidência que só os lerdos de intelecto, diz Borba, teriam dificuldades em perceber. Uma lerdeza que acometia um dos seus dois discípulos, o professor Rubião. Ensejo esse para o mestre chamá-lo de ignaro. Por sua vez, Schopenhauer, em carta ao discípulo Frauenstädt, afirma: "chegará um dia em que quem não souber o que eu tiver falado sobre um assunto passará o vexame de ser considerado um idiota".[1]

HUMANITAS E MUNDO • Destinado a arruinar todos os demais sistemas filosóficos até então publicados, o Humanitismo borbiano repetidas vezes expõe que o desdobramento da substância única e original do mundo, Humanitas, em natureza real, gera pluralidade, o que, todavia, não implica a divisão de Humanitas, mas a sua "multiplicação personificada". Só aparentemente a substância original fragmenta-se numa pluralidade de indivíduos, porém, nela mesma, permanece idêntica em todos os seres que a pluralizam, processo esse que é comparável ao de muitas bolhas formadas na mesma água fervente. "Não há exterminado. Desaparece o fenômeno; a substância é a mesma. Nunca viste ferver água? Hás de lembrar-te que as bolhas fazem-se e desfazem-se de contínuo, e tudo fica na mesma água. Os indivíduos são essas bolhas transitórias."[2]

Dessa tese borbiana do monismo é-se remetido à tese do monismo da Vontade de vida de Schopenhauer, especialmente naquela passagem em que afirma que a pluralidade dos indivíduos é ilusória, e não afeta, em sua transitoriedade característica, a substância volitiva una da natureza. Esta, como pura atividade cega e irracional, núcleo do cosmo, num momento imemorial instituiu os assim chamados "atos originários", ou Ideias platônicas, que são as espécies da natureza, estes arquétipos eternos dos éctipos temporais inumeráveis e perecíveis que são os indivíduos que os representam na realidade.

Para Schopenhauer, através de tais atos originários, a Vontade adquire visibilidade, manifesta-se em mundo. O íntimo do corpo humano é essa vontade concretizada, e, como ele, os demais corpos do mundo são também em seu íntimo pura vontade. De modo que uma reflexão continuada sobre isso levaria cada um a reconhecer, diz Schopenhauer, a mesma vontade na força que vegeta na planta, na agulha magnética voltada para o polo norte, no amor sexual, nas forças de atração e repulsão, na gravidade etc. Tudo isso é diferente apenas na aparência, "mas conforme sua essência em si, é para se reconhecer como aquilo conhecido imediatamente de maneira tão íntima e melhor que qualquer outra coisa e que, ali onde aparece do modo mais nítido, chama-se VONTADE".[3]

A vontade, que não muda e permanece, é a essência das aparências, que mudam e perecem. Eis aí, sinteticamente, o monismo da vontade do grande pessimista Schopenhauer. A Vontade de vida ganha, no mundo, mediante os seres que a manifestam, desde o inorgânico, passando pelos vegetais e animais, até o humano, um espelho da representação. Neste, contudo, ao alcançar o conhecimento de si mesma, vê algo feio, a sua intrínseca autodiscórdia originária que, na natureza, aparece como a luta de todos contra todos. A atividade de objetivação da vontade, ou *natureza naturante*, em

HUMANITISMO COMO PARÓDIA DO PESSIMISMO METAFÍSICO

diversos estágios ascendentes de complexidade significa uma marcha da crueldade nesse campo de batalha que é a natureza diante de nós, ou *natureza naturada*. Quem não aniquila é aniquilado, quem não devora é devorado. "Toda vida é sofrimento".[4] Essa Vontade metafísica, coisa em si de todos os seres, por ser atemporal e, por conseguinte, não estar sujeita à transitoriedade – embora a sua manifestação se dê na fluidez do tempo –, "permanece intacta como o arco-íris imóvel em meio à rápida mudança das gotas".[5]

Note-se aqui que aquela imagem borbiana dos indivíduos como bolhas desfeitas na água fervente, que permanece, água esta comparada a Humanitas, remete-nos à imagem schopenhaueriana dos indivíduos como gotas d'água em rápida mudança, em face do arco-íris que permanece intacto em meio a elas, este comparado à Vontade de vida que permanece em meio ao desaparecimento dos indivíduos. São imagens aquosas que coincidem na indicação do contraste entre a transitoriedade das aparências temporais do mundo, ou acidentes, e a permanência atemporal da substância única que as manifestou e subjaz a todas elas.[6]

Para tornar o seu monismo mais compreensível aos seus dois únicos discípulos, Quincas Borba ainda recorre a uma imagem literária: "Vês este livro? É *Dom Quixote*. Se eu destruir o meu exemplar, não elimino a obra que continua eterna nos exemplares subsistentes e nas edições posteriores. Eterna e bela, belamente eterna, como este mundo divino e supradivino".[7] Noutros termos, mesmo se os exemplares de todas as edições publicadas da obra de Cervantes desaparecerem, não desaparecerá o espírito dela. Cosmologicamente, a substância única Humanitas é como se fosse o espírito de uma obra literária, e os indivíduos que o pluralizam

O NÁUFRAGO DA EXISTÊNCIA

são como os múltiplos exemplares impressos e consumíveis pelo tempo, ou seja, o desaparecimento destes não afeta aquele.

Ora, usar imagens literárias para ilustrar conceitos filosóficos foi um dos recursos estilísticos prediletos de Schopenhauer. Um dos mais emblemáticos é aquele empregado na abordagem do parentesco entre o gênio e o louco. O louco, segundo o filósofo, é a vítima de um acontecimento traumático que ele não consegue eliminar da sua memória, que nela se calcifica como lembrança dolorida, que atinge níveis insuportáveis. Ora, se essa lembrança for mantida, a vida torna-se inviável. Assim, para evitar o fim do indivíduo fragilizado, a natureza mesma rompe o fio da sua memória no ponto da representação dolorida. A loucura de origem psíquica, nesse sentido, como expediente de salvação, é uma doença da memória, é a expulsão dela do acontecimento traumático, ou seja, é a abertura de lacunas na sua linha de lembranças; lacunas estas que são, em seguida, preenchidas com ficções. Desse ponto de vista, a loucura, em verdade, prejudica o uso do princípio de razão, já que a mistura aleatória de ficção e realidade na cabeça do louco cria relações causais inexistentes. Caso exemplar para o filósofo é o da Ofélia de Shakespeare, enlouquecida pelo fracasso do seu amor por Hamlet. A natureza, então, rompeu na cabeça da jovem o fio da sua memória no ponto dessa lembrança traumática, preencheu-a com ficções (ela passa a falar sozinha coisas sem nexo) fazendo-a esquecer a dolorida rejeição do príncipe da Dinamarca (mas, no caso dela, sabe o leitor de Shakespeare, essa loucura apenas adiou o suicídio).

Loucura também é aquele martírio do gênio que o leva a transitar constantemente entre a dor existencial e o êxtase criativo que a sucede e depois novamente a precederá. Exemplo modelar de tal caso é, para o filósofo, a personagem Torquato Tasso, de Goethe.

A literatura, portanto, desempenha metodologicamente em Schopenhauer o papel de ilustração de elevadas concepções filosóficas. Motivo, penso, para Machado parodiar tal expediente estilístico quando Quincas Borba explana, como vimos anteriormente, o principal conceito do Humanitismo, que é Humanitas, recorrendo a Cervantes.[8]

ἓν χαὶ πᾶν. **TUDO É UM** • No seu agir, o indivíduo pode, segundo o filósofo das margens do Meno, transpassar compassivamente com a sua visão o princípio de individuação, que estabelece a diferença entre os seres. Desse modo, desfaz a ilusão de que eles se encontram separados no mundo, sem vínculos entre si. Isso ocorre quando alguém age para ajudar um ser que sofre. Nessa ação, sofre na pele do outro, procura colocar fim ao seu sofrimento, quer o seu bem-estar, mesmo que isso signifique o próprio mal-estar. Semelhante compaixão ativa, segundo o filósofo, ao anular o princípio de individuação que, na realidade, é um princípio de diferenciação, restabelece naquele momento a identidade metafísica dos seres. Por isso, a compaixão é o fundamento da ética de Schopenhauer e, exatamente por isso, esta também é conhecida como ética da compaixão, ao colocar no centro de sua meditação a virtude cardeal do buddhismo e do cristianismo.

Paradoxalmente, todo ato cruel, como o esquartejamento de um corpo ou o canibalismo, revela à sua maneira a identidade metafísica da Vontade de vida, que, nesses casos, contudo, desconhece a si mesma ao afirmar uma autodiscórdia intrínseca na natureza efetiva. Nessa afirmação, ao contrário da compaixão ativa em que a Vontade de vida se nega, a Vontade é iludida pelo véu de *māyā* da pluralidade, isto é, pelo princípio de individuação que separa os seres e mascara a unidade originária do cosmo, e permanece nessa ilusão, desconhecendo que esse mundo é ela mesma, portanto desconhecendo que em toda parte *eu = não eu.*

Se quem pratica a crueldade for capturado pelo Estado, trancafiado, julgado e condenado à pena capital, segue-se que, nessa execução, por mais estranho que pareça, a vontade do executado é a mesma do executor, como ocorria no ato compassivo: pois, em ambas as ações, tem-se a mesma volitiva essência ativa. É o monismo da Vontade. Por isso, nesse jogo de luz e sombra que é o mundo, Schopenhauer adota o ἓν χαὶ πᾶν, tudo é um, e emprega a imagem de um macroantropo, grande ser humano, para definir o cosmo.

A mesma essência una da natureza é ativa desde a mais ínfima partícula de matéria, passa pelos reinos vegetal e animal, pelo ser humano, até os mais gigantes aglomerados de galáxia. Mas, no fundo, o cosmo não difere do humano, ele é a manifestação da mesma Vontade de vida. Onde há Vontade haverá vida, e a Vontade encontra-se em toda parte. Podemos, conseguintemente, afirmar, a partir do nosso corpo volitivo, que o cosmo é um macroantropo volitivo, que nessa sua sede por vida revela-se em luz e sombra, bom e mau, um não existe sem o contraste do outro, em suma, o positivo e o negativo pertencem-lhe naturalmente como o positivo e o negativo de um magneto.

A doutrina do ἓν χαὶ πᾶν, isto é, que a essência íntima em todas as coisas é uma única e a mesma, já houvera sido compreendida e aceita

HUMANITISMO COMO PARÓDIA DO PESSIMISMO METAFÍSICO

em meu tempo, após os eleatas, Scotus Erigena, Giordano Bruno e Espinosa a terem minuciosamente ensinado e Schelling a ter refrescado. Mas o QUÊ este um é, e como ele chegou a expor-se como o plural, é um problema cuja solução se encontra primeiro em minha filosofia. Desde os tempos mais antigos, falou-se do ser humano como um microcosmo. Eu inverti a proposição e demonstrei o mundo como um macroantropo...[9]

Essa doutrina do ἓν χαὶ πᾶν explicitada por Schopenhauer espelha-se parodicamente, penso, no monismo de Humanitas, especialmente quando Quincas Borba enuncia: "Nota que eu não faço do homem um simples veículo de Humanitas; não, ele é ao mesmo tempo veículo, cocheiro e passageiro; ele é o próprio Humanitas reduzido...".[10]

"Humanitas reduzido." Ora, afirmar que o ser humano é Humanitas *reduzido* é permitir-nos que logicamente façamos a inferência de que o cosmo é um macroantropo, pois a redução deu-se a partir do macrocosmo.

NOTAS

1 Apud Volker Spierling, 2010. Carta de Schopenhauer a Frauenstädt, 10 de fevereiro de 1856.

2 QB, VI.

3 W I, 128.

4 W I, 360.

5 W I, 462.

6 W I, 467. Benedito Nunes bem relaciona essa imagem de Humanitas à Vontade como arco-íris. Nunes, decerto, eu penso, quis inferir que Humanitas equivale à Vontade de vida em Schopenhauer.

7 QB, VI.

8 Por se tratar de uma sinédoque, a paródia do monismo schopenhaueriano que é o Humanitismo também serve para o monismo de Espinosa, dentre outros. Porém os materiais dessa paródia são retirados, como mostro aqui, ao mergulhar nessa oficina criativa de Machado de Assis, basicamente de Schopenhauer.

9 W II, 736.

10 MPBC, CXVII.

CAPÍTULO 5

Justiça eterna

PÓLEMOS • No teatro de manifestação da Vontade cósmica, em diferentes espécies e seus representantes na realidade, os indivíduos, eclode em todo lugar uma guerra por espaço, para que assim os indivíduos representem fisicamente as espécies à qual pertencem. Trata-se de uma ininterrupta batalha por matéria, que é sinônimo de espaço. De modo que cada ser, cada corpo, no transcorrer da existência, necessariamente se envolve em pequenas e grandes batalhas para garantir o seu espaço (matéria) vital e o dos que lhe são próximos. Cada um realiza, dessa forma, a "objetivação da Vontade", que dá origem ao universo visível com todas as suas terras, luas, planetas, estrelas, galáxias e aglomerados de galáxia.

Nesse cenário, em que a Vontade de vida quer viver, indiferente aos obstáculos interpostos – já que, em seu ímpeto para viver, é cega e irracional –, o sofrimento surge como consequência dessa batalha por espaço em vista da manifestação da Vontade, pois, à medida que esta renuncia aos graus mais baixos de suas aparências, em meio ao seu "conflito", ela "só pode entrar em cena através da dominação das aparências mais baixas". Daí, diz Schopenhauer, observar-se em toda parte "conflito, luta e alternância na vitória", com o que se reconhece com distinção a "discórdia essencial" da Vontade consigo mesma.

Um exemplo dado pelo autor desse conflito das aparências que espelha a autodiscórdia da Vontade vem da observação que Junghuhn fez em Java de um vasto campo forrado de inumeráveis carcaças de tartarugas,

> [...] longas em cinco pés, três de largura e de altura, que, ao sair do mar para pôr os seus ovos, pegam esse caminho, e então são atacadas por cães selvagens (*canis rutilans*), que, com a força da matilha, viram-nas de costas, arrancam-lhes a carapaça inferior, logo as pequenas placas da barriga, e assim as devoram vivas. Mas amiúde então um tigre pula sobre os cães. E todo esse tormento repete-se por milhares e milhares de vezes, ano após ano. Para isso nasceram, portanto, essas tartarugas? Por qual crime têm de sofrer tal tormento? Para que todas as cenas de horror? A única resposta é: assim objetiva-se a VONTADE DE VIDA".[1]

Esse exemplo, note-se, serve para o filósofo corroborar a sua tese de que o mundo é um vasto campo de batalha, no qual quem não assimila é assimilado, quem não devora é devorado. Tudo isso sendo o espelhamento da autodiscórdia essencial da Vontade de vida consigo mesma. Em termos estritamente filosóficos, tem-se aqui uma bela recepção e assimilação conceitual daquele pensamento de Heráclito que afirma que o *pólemos*, o combate, é o pai de todas as coisas, tendo de uns feito reis, de outros, escravos. Pensamento heraclitiano que, na filosofia clássica alemã, no século XIX, é incorporado primeiro à filosofia da natureza de Schelling, quando ele retrabalha o pólemos como *polaridade*, cujo exemplo mais vistoso é o do magneto, com os seus dois polos que se atraem e se repelem, num conflito que irrompe universalmente, de forma que, do micro ao macrocosmo, encontra-se o negativo e o positivo polar, em contínua atração e repulsão. Dão provas desse estado de coisas as combinações conflitantes, porém harmônicas, de masculino e feminino, inspiração e expiração, polos norte e sul dos planetas, contração e expansão do universo etc. Para Schelling, "nenhum corpo no mundo é absolutamente não magnético".[2]

O pólemos heraclitiano, e a sua recepção em Schelling como polaridade, foi em seguida incorporado ao pensamento de Schopenhauer, precisamente na forma da citada autodiscórdia originária da Vontade consigo mesma.

Ora, a paródia filosófica do pessimismo que é o Humanitismo borbiano confere igualmente a Humanitas uma autodiscórdia originária. De fato, Humanitas é pólemos, é intrinsecamente conflito por vida, ilustrado justamente na mais famosa passagem do Humanitismo, vale dizer, o da batalha de duas tribos por batatas em que apenas uma delas pode sobreviver para que a vida mesma se mantenha. Quincas Borba explica tecnicamente que essa é uma batalha por matéria, em vista da própria afirmação. "Supõe tu um campo de batatas e duas tribos famintas. As batatas apenas chegam para alimentar uma das tribos, que assim adquire forças para transpor a montanha e ir à outra vertente, onde há batatas em abundância; mas, se as duas tribos dividirem em paz as batatas do

O NÁUFRAGO DA EXISTÊNCIA

campo, não chegam a nutrir-se suficientemente e morrem de inanição. A paz nesse caso, é a destruição; a guerra é a conservação."[3]

Quer dizer, há duas plantações de batata, contudo, na primeira, não há batatas suficientes para as duas tribos, que precisam transpor a montanha para chegar à outra vertente, onde há uma plantação com batatas de sobra. Então, uma tribo tem de exterminar a outra, com vistas a conseguir alimento e energia suficiente para alcançar o outro lado da montanha e, assim, ter as abundantes batatas que garantirão a vida. Se a primeira plantação de batatas fosse dividida, as duas tribos morreriam. Logo, a paz aqui é contra a vida, a guerra, a favor. Os indivíduos que protagonizam tal batalha, de um ponto de vista superior, não sofrem nenhum tipo de injustiça, pois como poderia a vida ser injusta nesse querer a si mesma? Contra os ignaros que se chocam com essa filosofia, Quincas Borba chama a atenção para o lado positivo do combate, notadamente que ele permite a Humanitas corrigir em si a infração de Humanitas, a de atentar contra a afirmação da vida, no presente caso, a divisão de batatas que conduziria à extinção das duas tribos.

Em última instância, para Borba, a vida quer viver, e, se morte há nessa atividade, não importa como a morte se deu, isso é irrelevante, já que apenas exprime o movimento vital de Humanitas, que produz choques e contrachoques, expansões e contrações, e outros fenômenos divergentes que, no entanto, compõem o sonoro sim que Humanitas diz a si. A esse respeito, reforça o filósofo de Barbacena: "O encontro de duas expansões, ou a expansão de duas formas, pode determinar a supressão de uma delas; mas, rigorosamente, não há morte, há vida, porque a supressão de uma é a condição da sobrevivência da outra, e a destruição não atinge o princípio universal e comum".[4]

JUSTIÇA ETERNA • Ora, a partir dessa explanação do panvitalismo humanitista, Quincas Borba cunha a mais famosa frase do seu sistema: "ao vencido ódio ou compaixão; ao vencedor, as batatas". De uma perspectiva filosófica radicalmente monista de afirmação da vontade de vida de Humanitas, ele extrai a conclusão otimista de que o sofrimento é algo totalmente desprezível, pois, de um ponto de vista superior, *omnia bona*, todas as coisas são boas, já que tudo na natureza é afirmação de Humanitas.

Por sua vez, na sua argumentação da Vontade como natureza que expressa a si mesma em sua afirmação, Schopenhauer infere que, se há equilíbrio e harmonia entre as espécies naturais, entre os indivíduos, contrariamente, há desequilíbrio e desarmonia advindos da luta por matéria, o que gera uma enorme quantidade de sofrimento, especialmente para a parte que foi dominada. Como, em geral, há bem maior quantidade de vencidos que de vencedores, segue-se, de um ponto vista da realidade mundana, de um ponto de vista dos corpos biológicos do mundo, que, no balanço geral da realidade, todas as coisas são ruins. A conclusão mais lógica a se tirar, portanto, por conta de tanto sofrimento, é a de que seria melhor que o mundo não existisse.

Com efeito, para o filósofo, o sofrimento é a marca de gado impressa na pele das criaturas. Ele é o que há de mais real. Inevitavelmente brota, como cogumelos depois da chuva, a partir da atividade afirmativa da Vontade de vida em mundo, em que, necessariamente, batalhas diárias dos seres são travadas por

O NÁUFRAGO DA EXISTÊNCIA

sobrevivência; logo, sempre haverá, em toda parte, angústia, medo, agonia, tormento etc. Nessa peça trágica de teatro representada por todos nós, o riso de uns, muitas vezes, significa o choro de outros. O destino de fato é enigmático em suas preferências.

O que não é enigmático, para Schopenhauer, é que, na afirmação da Vontade de vida, esta é absolutamente idêntica tanto no carrasco quanto na vítima, de modo que a condição da alegria de uns é, muitas vezes, a tristeza de outros. Mas, nela mesma, apesar desse drama das suas aparências, *natura non contristatur*, a natureza não se entristece, visto que ela é o que é em função de a Vontade que a anima não querer de modo diferente. O mundo é assim, em vista de a vontade que o anima ser assim, pois o mundo nada é senão o espelho da Vontade de vida. Dessa forma, todo indivíduo, ao vir ao mundo, e nele permanecer, já o aceita como ele é. Como diria Nelson Rodrigues: a vida como ela é. As noções de bom e mau, dessa perspectiva, são irrelevantes, e, em essência, "o atormentador e o atormentado são um", e "o primeiro erra ao acreditar que não participa do tormento, o segundo ao acreditar que não participa da culpa".[5]

Essa é, numa palavra, a teoria da "justiça eterna" de Schopenhauer. Por certo, o original da imitação paródica machadiana que é a justiça eterna de Quincas Borba explanada naquela teoria do "ao vencedor as batatas". Basta ter em mente que, quando Borba introduz a imagem de tribos guerreando num campo por batatas, não tem outro objetivo senão ilustrar a sua teoria da justiça eterna, inerente a Humanitas, o que significa, na oficina de criação de Machado de Assis, uma aposição de imagem àquela de Schopenhauer relativa à identidade volitiva entre atormentador e

• 86 •

JUSTIÇA ETERNA

atormentado. Humanitas, no seu afirmar-se em mundo, dá início a uma digestão em seu organismo, que aparece na realidade justamente como a guerra, o que implica que a sua atividade vital não pode ser classificada como moralmente boa nem má. Aquilo que se nomeia bondade ou maldade não passa de variações da atividade de Humanitas.

No seu estilo abstruso de filosofar, atravessado por argumentações esdrúxulas que deixam transparecer a sua loucura, Borba ajuíza que quem mata ou estripa alguém exerce a potência de Humanitas, que, assim, corrige em si uma infração da lei de Humanitas. É uma defecção necessária. Ao postular isso, sabe que poetas e demais almas sensíveis lamentarão a crueza do estilo e das ideias.

> Sendo cada homem uma redução de Humanitas, nenhum homem é fundamentalmente oposto a outro homem, quaisquer que sejam as aparências contrárias; assim, por exemplo, o algoz que executa o condenado pode excitar o vão clamor dos poetas, mas substancialmente é Humanitas que corrige em Humanitas uma infração da lei de Humanitas. O mesmo direi do indivíduo que estripa a outro; é uma manifestação da força de Humanitas. Nada obsta (e há exemplos) que ele seja igualmente estripado.[6]

Tem-se aqui um elemento paródico bastante vistoso do pensamento schopenhaueriano, aquele de que a vontade do carrasco é a mesma da vítima, a vontade do atormentador é a mesma do atormentado. É a teoria da justiça eterna, no filósofo de Frankfurt e no filósofo de Barbacena, estribada no primeiro axioma de seus sistemas, vale dizer, o monismo da substância originária.

NOTAS

1 W II, 427-8.
2 Apud Jair Barboza, 2005, p.70.
3 QB, VI.
4 QB, VI.
5 W I, 411.
6 MPBC, CXVII.

CAPÍTULO 6

O Humanitismo
é um otimismo

UMA PERSONAGEM OTIMISTA • Qual epígrafe Schopenhauer amiúde estampa em sua filosofia? Que ela é um pessimismo metafísico. O diagnóstico que fez em sua obra das dores inevitáveis da existência, das suas alegrias módicas e passageiras, que compõem um sonho sonhado por uma sombra, leva o autor a sentenciar: "toda vida é sofrimento". Por causa desse diagnóstico, propõe uma terapia filosófica contra o mal de existir, que pode igualmente remeter à sua recepção em Machado de Assis, caso se tenha em mente que o romancista carioca, apesar das rabugens de pessimismo metidas em suas obras realistas, no entanto as tempera com o bom humor e, assim, terapeuticamente incentiva o riso. É a, pelo defunto autor das *Memórias* denominada, pena da galhofa.

Embora concorde tanto com a tese fundamental do monismo da substância originária quanto da justiça eterna daí decorrente, o Quincas Borba de Machado de Assis é, ao contrário de

Schopenhauer, metafisicamente otimista. A epígrafe que estampa em sua filosofia é: *omnia bona*, tudo é bom. Penso que isso é estratégico na oficina machadiana de criação, pois tais conclusões divergentes, a partir de premissas iguais, produzem o contraste entre a figura e a filosofia originais – Schopenhauer e o seu pessimismo metafísico – e a imitação delas. Desenha-se, assim, a caricatura e a paródia que produzem o efeito cômico, pois Borba é, a todo momento, desdito pela vida em seu otimismo, ou seja, suas teses colidem com os fatos, e as suas conclusões otimistas desintegram-se na dura realidade. Essa incongruência entre teoria e prática é a oportunidade, então, para a eclosão do riso irônico.

INVERSÃO TEÓRICA DO PESSIMISMO • A notícia num jornal carioca da morte do Quincas Borba chama a atenção para o fato de ter sido ele o criador de uma singular filosofia. Emenda que o objetivo dele era batalhar contra certo pessimismo amarelo e enfezado que estava prestes a chegar no Brasil. O jornal acrescenta, ainda, que tal criação filosófica foi, sim, terapêutica ao seu autor, ao ajudá-lo a suportar o fim da vida com dignidade.

> *Faleceu ontem o Sr. Joaquim Borba dos Santos, tendo suportado a moléstia com singular filosofia. Era homem de muito saber, e cansava-se em batalhar contra esse pessimismo amarelo e enfezado que ainda nos há de chegar aqui um dia; é a moléstia do século. A última palavra dele foi que a dor era uma ilusão, e que Pangloss não era tão tolo como o inculcou Voltaire... Já então delirava. Deixa muitos bens. O testamento está em Barbacena.*[1]

O HUMANITISMO É UM OTIMISMO

Pangloss, preceptor do jovem Cândido em *Cândido ou o otimismo* de Voltaire, é, sabe-se, uma caricatura de Leibniz. O filósofo francês compõe nessa obra também uma paródia do seu otimismo. Caricatura do filósofo e paródia da sua filosofia. Eis aí um modelo literário que decerto inspirou formalmente Machado de Assis. Este também compôs uma personagem filosófica caricata com a sua respectiva paródica filosofia.

O Pangloss defendido por Quincas Borba colocou-se como meta de vida demonstrar que há uma bela harmonia preestabelecida entre as coisas. Essa tese remete à argumentação de Leibniz em favor da infinita bondade de Deus, quando da criação do mundo, apesar do mal e mau neste existentes. Leibniz argumenta que Deus, em sua criação, teria calculado a melhor combinação possível das substâncias, do que resultou este nosso melhor dos mundos possíveis. Para o Pangloss de Voltaire, igualmente este é um mundo bom: não importa o que aconteça, seja o estupro de uma donzela, a perda de um dos olhos dele mesmo, o terremoto de Lisboa em que trinta mil pessoas foram soterradas – tudo isso encontra o seu devido e justo lugar na harmonia preestabelecida das substâncias. No particular, aparentemente uma coisa pode ser ruim; contudo, se vista em seu lugar no todo, o bom revela-se luminosamente. Segundo Pangloss, "tudo vai da melhor maneira possível" neste "melhor dos mundos possíveis". Os males vivenciados aqui e ali não passam de "sombras que um belo quadro projeta".

Contudo, as peripécias na vida dele demostram exatamente o contrário. Que este mundo vai muito mal. Com efeito, ele sofre desgraças em série. Após o terremoto de Lisboa, é enforcado num

• 91 •

auto de fé que os sábios da Universidade de Coimbra conceberam no intuito de acalmar as forças sísmicas. Aparentemente morto, some da narrativa; quando reaparece, sabe-se que sobreviveu porque a corda do enforcamento "estava molhada, deslizou mal e travou"; foi feito escravo; no fim da narrativa, reencontra o discípulo Cândido, que, por sua vez, não sofrera menos suplícios e desventuras, coisas que o levam a questionar seu mestre se, de fato, seria este o melhor dos mundos possíveis. Ao que Pangloss responde, do alto do seu inabalável otimismo, afirmativamente: "pois, afinal de contas, sou filósofo: não convém que eu me desdiga, de vez que Leibniz não pode estar errado e que a harmonia preestabelecida é a coisa mais bela do mundo, assim como o pleno e a matéria sutil".[2]

Portanto, estava a salvo o otimismo, porque suportaram as desventuras e o sofrimento. Curiosamente, meditando sobre os fatos dolorosos que viveram e desmentiam o seu otimismo, a personagem Pangloss, ao referir-se a Leibniz, encontra-se diante do seu duplo, já que, nessa obra de Voltaire, Pangloss é o próprio Leibniz caricaturado e parodiado na sua filosofia.

Schopenhauer, por sua vez, é o antípoda desse otimismo. Defende tese oposta à de Leibniz. Argumenta que este é o pior dos mundos possíveis. Inclusive, aponta, numa ironia até certo ponto macabra, que existiram por aqui outros mundos piores que o pior dos mundos possíveis, o que os levou a colapsarem, como o provaria a extinção dos dinossauros. "Os fósseis de espécies animais completamente diferentes que habitaram outrora o planeta nos proporcionaram, como prova do nosso cálculo, os documentos de mundos cuja subsistência deixou de ser possível, que, portanto, eram ainda piores que o pior dos mundos possíveis."[3]

O HUMANITISMO É UM OTIMISMO

Dessa perspectiva, o filósofo das margens do rio Meno considerava o otimismo filosófico uma brincadeira de mau gosto. No limite, a defesa do otimismo é uma impiedade, um escárnio em face dos sofrimentos inomináveis da humanidade. "De resto, não posso aqui impedir-me da assertiva de que o OTIMISMO, caso não seja o discurso vazio de pessoas cuja testa obtusa é preenchida por meras palavras, apresenta-se como um modo de pensamento não apenas absurdo, mas realmente IMPIEDOSO: um escárnio amargo acerca dos sofrimentos inomináveis da humanidade."[4] E arremata, como leitor de tragédias, estudante de medicina, e testemunha do que a guerra produz:

> Se, finalmente, fossem trazidos aos olhos de uma pessoa as dores e os tormentos horrendos aos quais a sua vida está continuamente exposta, o aspecto cruel dela a assaltaria: e, caso se conduzisse o mais obstinado otimista através dos hospitais, enfermarias, mesas cirúrgicas, prisões, câmaras de tortura e senzalas, pelos campos de batalha e pelas praças de execução, e depois lhe abríssemos todas as moradas sombrias onde a miséria se esconde do olhar frio do curioso; se, ao fim, lhe fosse permitida uma mirada na torre da fome de Ungolino, ele certamente também veria de que tipo é este *meilleur des mondes possibles*, melhor dos mundos possíveis.[5]

A frase em francês ao fim da citação é, obviamente, um piparote no otimismo leibniz-panglossiano.

Todavia, o que leva Schopenhauer ao pessimismo metafísico? Resposta: a realidade crua, insofismável, da dor, que, na filosofia dele, é compreendida a partir da atividade cega da substância originária do mundo, a Vontade de vida. Eſta, como puro ímpeto cego para viver, nessa atividade, crava os dentes na própria carne. Assim sendo, para efetivar-se em natureza visível, essa unívoca atividade volitiva do cosmo irrompe em indivíduos variados, que, todavia, pugnam entre si por eſpaço vital, para representar a própria eſpécie, e disso decorre inevitavelmente o sofrimento. Ademais, a vontade de cada um não encontra satisfação plena, ou, quando a encontra, ela é passageira, desse embate advindo a contínua renovação do sofrimento de desejar e nem sempre encontrar um objeto de satisfação.

Sendo assim, a verdadeira felicidade reside em querer menos, desejar menos, pois disso resulta sofrer menos. Ser feliz, diz Schopenhauer, nada é senão ser menos infeliz. Isso implica renunciar, valorizar a prudência, guiar a vida por máximas de bem viver – de lavra pessoal ou alheia –, as quais *freiam* a ânsia por gozos, por farturas e feſtanças no grande mundo, que, ao fim, produzem déficit. Em favor da boa qualidade de vida, o tão comum louvor schopenhaueriano ao modo de vida sábio. "Nenhum caminho é mais errado para a felicidade do que a vida no grande mundo, às fartas e em feſtanças (*high life*), pois, quando tentamos transformar nossa miserável exiſtência numa sucessão de alegrias, gozos e prazeres, não conseguimos evitar a desilusão..."[6]

Logo, há ganho quando se *evita o culto dos prazeres* desenfreados, pois seu alto preço cria dívidas para o futuro. O futuro, porém, é um agiota, implacável na cobrança dos seus devedores. De modo que o empréſtimo dele contraído, aos quais ele aplica juros sobrepoſtos a juros, é impiedosamente executado, com desprezo pelas súplicas e lágrimas da parte devedora.

O HUMANITISMO É UM OTIMISMO

Essa concepção do humano e do animal como inescapavelmente sofredores – devido à atividade da substância una chamada Vontade de vida que neles cegamente quer viver – era, na segunda metade do século XIX, amplamente reconhecida entre o público leitor da boa literatura, na Europa e nas Américas, como o pessimismo metafísico de Schopenhauer. O impacto cultural desse filósofo, associado à sua afinidade de espírito com Machado de Assis, decerto motivou o autor brasileiro – tendo em mente como modelo formal o *Cândido* de Voltaire –, a criar, por irritação literária cogenial com o autor francês, a sua própria caricatura e paródia filosóficas. Ele dispunha em sua biblioteca, como mostramos, de dados biográficos de Schopenhauer, para, com a visão original da sua fantasia, aumentar o efeito estético da imitação caricatural e paródica que é o Quincas Borba, imitação essa que pressupõe a intertextualidade com uma figura e um estilo conhecidos.

Quincas Borba, ao alertar sobre a chegada ao Brasil do pessimismo amarelo e enfezado, a moléstia do século, assume que essa amarelidão raivosa será por ele aguerridamente combatida.

Borba, num cacoete típico dos filósofos, exclama ter "apanhado a verdade". Descobrira o emplastro para aquela moléstia: a sua filosofia do Humanitismo, que não só lhe permitiu desvelar um mundo em que a felicidade é possível, mas também garanti-la. Ele sente-se seguro, então, para lançar o seu ataque contra os filósofos pessimistas que desconfiam dos prazeres e das alegrias da vida. Para avançar na conquista de territórios intelectuais, retrocede à antiguidade clássica romana, e mira o senador filósofo Sêneca, cujo estoicismo é, para ele, "um verdadeiro brinco de crianças", porque é uma doutrina medrosa em relação à vida,

• 95 •

já que fornece máximas de equilíbrio espiritual que implicitamente reconhecem o perigo de existir, pois, no fundo, é isso que quer dizer Borba, os estoicos tomariam a dor como uma dura realidade, e almejariam, com seus conselhos de bem viver, um viver menos dolorido, para o que preconizam a indiferença de ânimo em face da alegria e da tristeza.

Essa mesma moral estoica também foi objeto de crítica de Schopenhauer, também na sua tentativa teórica de evitar o sofrimento. Porém, o que incomodava ao seu pessimismo era que o estoicismo, apesar de admitir a positividade da dor, e a nulidade dos prazeres, contrapunha-se, todavia, a essa realidade com a elaboração de máximas para o... bem-viver! Noutros termos, de um lado reconhecia a nulidade do prazer, de outro procurava garantir a sua *positividade*: uma flagrante contradição. Portanto, só aparentemente o estoicismo é indiferente, em suas máximas do bem viver, em relação aos prazeres da vida.

Para Schopenhauer, ademais, a alforria metafísica do sofrimento vem justamente da positividade da dor. Noutros termos, é de uma vida sofredora que se abre a possibilidade para a redenção e consequente renúncia aos ilusórios prazeres neste pior dos mundos possíveis, no qual o desejo é apenas o signo de uma falta e, em sua satisfação passageira, o prenúncio da vaidade de um outro desejo. Vaidade das vaidades, tudo é vaidade.

A DOR COMO ILUSÃO • A proposição nuclear do otimismo de Quincas Borba, de que "a dor era uma ilusão", pode ser considerada como um ataque frontal à tese central do pessimismo schopenhaueriano, que soa como "toda vida é sofrimento". Convicto do

O HUMANITISMO É UM OTIMISMO

contrário, a Brás Cubas, Quincas Borba, entre o queijo e o café, expunha nos seguintes termos a sua esquisitice filosófica: "A dor, segundo o Humanitismo, é uma pura ilusão. Quando a criança é ameaçada por um pau, antes mesmo de ter sido espancada, fecha os olhos e treme; essa *predisposição* é que constitui a base da ilusão humana, herdada e transmitida. Não basta certamente a adoção do sistema para acabar logo com a dor, mas é indispensável; o resto é a natural evolução das coisas. Uma vez que o homem se compenetre bem de que ele é o próprio Humanitas, não tem mais do que remontar o pensamento à substância original para obstar qualquer sensação dolorosa".[7]

Note-se, segundo o autor dessa esquisitice filosófica, que basta o leitor compenetrar-se da doutrina de Humanitas, remontar seu pensamento à substância original, para que "qualquer sensação dolorosa" acabe. O Humanitismo apresenta-se, portanto, como uma filosofia do consolo, isto é, como uma terapia filosófica. Numa argumentação abstrusa, vincula a dor a uma predisposição adquirida, que gera a ilusão da dor, e então considera indispensável que o seu sistema tenha de ser adotado para que essa predisposição seja neutralizada. Estabelece um longo vínculo no espaço e no tempo entre a causa da dor, que é uma predisposição, e a sua consequência, que o seu sistema eliminará, sem nos dizer, no entanto, por quais processos ou exercícios mentais. Tudo isso compõe uma confusão expositiva que é reflexo do seu modo de raciocinar. Machado de Assis tem de proceder assim, pois se a exposição do Humanitismo, como pessimismo invertido, fosse clara e distinta, perderia o seu efeito paródico, e não passaria de um plágio do pessimismo metafísico, que também se apresenta como

• 97 •

uma filosofia do consolo em face dos tormentos da vida. Aponta-os para que o leitor esteja alerta a eles e os enfrente pela sabedoria de vida ou prudência. A exposição de vínculos causais obscuros por parte de Borba serve ainda, como se viu, para o narrador exibir a loucura do filósofo. Ironia perversa do destino é acompanhar o lento naufrágio na existência desse filósofo brasileiro, observar a sua dor, a sua desgraça, a doença que lhe corroía o corpo e o cérebro. Esses são fatos que explicitamente desmentem a sua filosofia otimista e implicitamente comprovam o sistema que combatia, o do pessimismo amarelo e enfezado. Essa recorrente incongruência entre sistema exposto e vida do seu autor marca tragicomicamente diversas cenas da caracterização machadiana desse filósofo, orgulhoso de sua filosofia que se estilhaça quando em contato com a vida como ela é.

TODAS AS COISAS SÃO BOAS • Uma carta ao discípulo Rubião testemunha o quixotismo do Quincas Borba, que evolui rapidamente para o naufrágio na existência, atestando que o homem "morria antes de morrer". Nessa carta, Borba revela que é Santo Agostinho.

> *Meu caro senhor e amigo,*
>
> *Você há de ter estranhado o meu silêncio. Não lhe tenho escrito por certos motivos particulares etc. Voltarei breve; mas quero comunicar-lhe desde já um negócio reservado, reservadíssimo.*
>
> *Quem sou eu, Rubião? Sou Santo Agostinho. Sei que há de sorrir, porque você é um ignaro, Rubião; a nossa intimidade permitia-me dizer palavra mais crua, mas faço-lhe esta concessão, que é a última. Ignaro!*

O HUMANITISMO É UM OTIMISMO

Ouça, ignaro. Sou Santo Agostinho; descobri isto anteontem: ouça e cale-se. Tudo coincide nas nossas vidas. O santo e eu passamos uma parte do tempo nos deleites e na heresia, porque eu considero heresia tudo o que não é a minha doutrina de Humanitas; ambos furtamos, ele, em pequeno, umas peras de Cartago, eu, já rapaz, um relógio do meu amigo Brás Cubas. Nossas mães eram religiosas e castas. Enfim, ele pensava, como eu, que tudo que existe é bom, e assim o demonstra no capítulo XVI, livro VII das Confissões, com a diferença que, para ele, o mal é um desvio da vontade, ilusão própria de um século atrasado, concessão ao erro, pois que o mal nem mesmo existe, e só a primeira afirmação é verdadeira; todas as coisas são boas, omnia bona, *e adeus.*

Adeus, ignaro. Não contes a ninguém o que te acabo de confiar, se não queres perder as orelhas. Cala-te, guarda, e agradece a boa fortuna de ter por amigo um grande homem, como eu, embora não me compreendas. Hás de compreender-me. Logo que tornar a Barbacena, dar-te-ei em termos explicados, simples, adequados ao entendimento de um asno, a verdadeira noção do grande homem. Adeus; lembranças ao meu pobre Quincas Borba. Não esqueças de lhe dar leite; leite e banhos; adeus, adeus... Teu do coração

QUINCAS BORBA[8]

Agostinho renasceu num filósofo para o qual o mau também não existe, é mera ausência do bom, e que deu o próprio nome ao cachorro de companhia. Acreditava que a sua filosofia, ancorada na tese da dor como ilusão, e na que se segue desta, de que todas as coisas são boas, seria acessível até mesmo ao entendimento de um asno. Schopenhauer, com a sua doutrina do mau originário que é a Vontade de vida, que crava os dentes na própria carne, afirmava semelhantemente que não existia filosofia mais simples e compreensível que a sua, e que, se não era acessível ao entendimento de um asno, decerto o seria a qualquer saudável entendimento humano.

HUMANITISMO E BRAHMANISMO • Um dos principais cuidados de Schopenhauer em relação aos seus leitores — apesar de pessimista, porém assumidamente autor de uma filosofia terapêutica do consolo — é exorcizar neles o medo da morte, tendo, inclusive, escrito um suplemento especial a sua obra magna intitulado "Sobre a morte e sua relação com a indestrutibilidade do nosso ser em si". Nele destaca mais uma vez que a Vontade una, como substância originária do mundo, a tudo atravessa em sua atividade, manifestando-se como pluralidade transitória nas aparências dos reinos naturais. Ora, visto que essa volição essencial está inteira e indivisa em cada ser, segue-se que a morte como aniquilamento individual é uma ilusão, um erro de concepção do entendimento, pois, metafisicamente considerado, o núcleo de cada indivíduo é igualmente vontade, vontade individual, logo, é indestrutível. Noutros termos, a individualidade não é perdida quando o corpo é comido pela "frialdade inorgânica da terra", mas renasce noutro corpo, quando se derem novas condições propícias para a vontade individual ressurgir.

Schopenhauer trabalha, então, com a noção de ciclos de renascimento, isto é, com a noção de *palingenesia*, que vem do grego πάλιν, repetição, e γένεσις, nascimento. Refere-se assim não à transferência da psique, da mente consciente de um corpo para outro, mas à transferência da parte imperecível e inconsciente de cada individualidade, a sua vontade. Nesse processo de renascimentos

O HUMANITISMO É UM OTIMISMO

não há memória de vidas pregressas, porque o intelecto morreu com o antigo cérebro, do qual era uma mera função cognitiva. Diz Schopenhauer:

> [...] entra na concatenação da nossa visão que a vontade da pessoa, vontade em si individual, separa-se na morte do intelecto recebido da mãe, quando da procriação, e então recebe, por outra procriação, um novo intelecto em conformidade com a sua agora modificada índole sob o guia do curso do mundo, que se harmoniza com a sua natureza, com o que a vontade, com esse novo intelecto, torna-se um novo ser que não tem recordação alguma de uma existência anterior, pois o intelecto, único que possui a capacidade de memória, é a parte mortal, ou a forma; a vontade, no entanto, é a parte eterna, ou a substância.[9]

Na série dos ciclos de renascimento, os tipos retornam com as suas características invariáveis, de modo que, no transcorrer da história, entram em cena o Bondoso, o Malvado, o Egoísta, o Filantropo, o Compassivo, o Cruel, o Vaidoso, o Avaro, o Galanteador, o Orgulhoso, o Modesto, o Trapaceiro, o Honesto etc., com todas os seus variados graus, como se, por exemplo, cada trapaceiro fosse a variação musical de o Trapaceiro, cada compassivo, de o Compassivo, cada galanteador, de o Galanteador, e assim por diante.

Ora, na sua paródia carinhosa do pessimismo, Machado de Assis aborda, nos mesmos moldes, o tema da palingenesia, porém com a pena da galhofa, ao considerar a possibilidade de a transmigração da alma de um indivíduo dar-se num animal, por exemplo num... gambá! Com efeito, certa vez, diante do Quincas

• 101 •

Borba cachorro, Rubião sente-se temeroso de que o Quincas Borba filósofo possa estar ali na sua frente, a vigiá-lo, a ver se cumpria bem a cláusula principal do testamento, cuidar do seu bom cachorro como se ele fosse uma pessoa. "Vai senão quando, ocorreu-lhe que os dois Quincas Borba podiam ser a mesma criatura, por efeito da entrada da alma do defunto no corpo do cachorro, menos a purgar os seus pecados que a vigiar o dono. Foi uma preta de S. João d'El Rei que lhe meteu, em criança, essa ideia de transmigração. Dizia ela que a alma cheia de pecados ia para o corpo de um bruto; chegou a jurar que conhecera um escrivão que acabou feito gambá..."[10]

Schopenhauer conclui a sua abordagem da palingenesia remetendo o leitor ao brahmanismo. Segundo o brahmanismo o ser humano é o próprio ser originário e imperecível, Brahman. Isso implica no espelhamento recíproco entre macro (Brahman) e microcosmo (ser humano). De fato, para o brahmanismo a "substância vital que preenche o corpo do universo circula por suas criaturas num fluxo perpétuo e veloz; elas se convertem em vítimas umas das outras, em alimentos e alimentadores recíprocos".[11] Logo, em última instância, no brahmanismo, já se vislumbra a doutrina da justiça eterna, comum a Borba e Schopenhauer, fundamentada na unidade de Brahman.

Schopenhauer, em apoio poético à sua explanação do humano como o próprio ser originário, invoca primeiro os versos de Byron:

Are not the mountains, waves and skies, a part
Of me and of my soul, as I of them?[12]

O HUMANITISMO É UM OTIMISMO

Depois as *Upanishads* dos *Vedas*:

Hae omnes creaturae in totum ego sum, et praeter me aliud ens non est.[13]

Portanto, a doutrina da palingenesia permite a Schopenhauer cimentar a sua metafísica da Vontade, e o pessimismo dela advindo, com um aspecto prático-otimista, ou seja, aquele que aponta para o consolo que pode experimentar o leitor a partir de uma meditação paciente sobre a sua imortalidade, já que, apesar do perecimento do seu corpo, em outro renascerá. É o exorcismo da nossa finitude. Curiosa qualidade comum a dois pensamentos: a terapia pelo consolo: Quincas Borba achando que a sua doutrina eliminaria a dor; Schopenhauer, o medo da morte.

Ademais, na prática dessa terapêutica do consolo, deve-se raciocinar da seguinte forma: se o tempo em que vivemos é de fato um assassino em série, pois tudo nele se destina ao desaparecimento, já que cada instante atual só é possível porque matou o anterior e será, por sua vez, morto pelo seguinte; e, se a Vontade cósmica que somos nós mesmos, ao contrário, é exterior ao tempo e ao espaço e permanece inalterada em meio ao desaparecimento das suas aparências, segue-se que em nosso imo peito, que é essa Vontade mesma, somos imortais. Por isso, o indivíduo, ao ver as coisas fenecidas pelo tempo, se tiver ciência de que ele mesmo em seu núcleo é Vontade cósmica de vida, não poderá considerar-se, e aos seus entes amados, como absolutamente perecível, mas antes, diz Schopenhauer, compreenderá o profundo sentido da sentença do brahmanismo, nas *Upanishads*, de que não há seres exteriores a cada eu, e a pluralidade e a aniquilação não passam de um engano

• 103 •

produzido pelo véu de *māyā* das ilusões do entendimento, posto entre nós e a realidade das coisas.

Por sua vez, o Humanitismo, ao dissertar sobre a "distribuição dos homens pelas diferentes partes do corpo de Humanitas", afirma que não há seres exteriores a esse corpo. Sendo assim, como Humanitas é imperecível, segue-se que, como membro de Humanitas, cada eu, todos os eus são imortais. Exterior a Humanitas não há nada. Ora, estamos aqui igualmente diante de uma paráfrase daquela passagem das *Upanishads* citada por Schopenhauer que acima destaquei. Quincas Borba conclui, enfim, que o Humanitismo se liga ao brahmanismo, ocasião em que recorre aos versos de Camões:

> Há nas coisas todas certa substância recôndita e idêntica, um princípio único, universal, eterno, comum, indivisível e indestrutível, – ou, para usar a linguagem do grande Camões:

> Uma verdade que nas coisas anda,
> Que mora no visíbil e invisíbil.

> Pois essa substância ou verdade, esse princípio indestrutível é que é Humanitas.[14]

A DESGRAÇA DE NÃO NASCER • Segundo o pessimismo metafísico, vimos, a Vontade de vida, em seu ímpeto cego por viver, crava os dentes na própria carne, o que no mundo, que é seu espelho, aparece como a luta de todos contra todos. Nesse sentido, quem não assimila é assimilado, quem não devora é devorado. Trata-se de

O HUMANITISMO É UM OTIMISMO

autofagia cósmica, cuja ilustração empírica mais nítida é o sofrimento dos indivíduos animal e humano em suas disputas mortais por território com vistas a afirmar as suas respectivas espécies. No universo humano, dá-se o ápice desse sofrimento, pois quanto mais consciência e inteligência tem um indivíduo, tanto mais sensível ele é ao sofrer. Um dos casos-limite de sofrimento encontra-se naqueles humanos sacrificados a entidades extramundanas e no canibalismo.

Diante desse teatro trágico da vida em que as coisas são bonitas de ver, porém terríveis de ser, os versos de Calderón de la Barca sintetizam a condição humana:

> Pues el delito mayor
> Del hombre es haber nacido.[15]

Versos que, ao mesmo tempo, definem a concepção schopenhaueriana de tragédia, em que "os heróis não expiam os seus pecados individuais, mas o pecado original, isto é, a culpa da existência mesma".[16]

O filósofo de Barbacena, contudo, no seu combate ao pessimismo amarelo e enfezado, inverte essa tese metafísico-artística e defende que o sofrimento não agrava a vida. Se, de um lado, sua doutrina é um remédio eficaz contra a dor, por outro, incentiva a alegria sensória, sobretudo a mais intensa de todas, o amor sexual. Para Quincas Borba, amar é um sacerdócio, e o ato da procriação "é a hora suprema da missa espiritual"; e a vida, em vez de pecaminosa na origem, é o maior benefício do universo; não há um mendigo que não a prefira à morte. Não há, pois, delito em nascer, e o filósofo pancada chega à conclusão de que "verdadeiramente há só uma desgraça: é não nascer". Tendo-se nascido, sentencia o seu otimismo metafísico, *omnia bona*, todas as coisas são boas. Não existe mal no mundo. É o que defende naquela insana carta a Rubião, em que revela que é Santo Agostinho.

Machado de Assis, portanto, opera de novo aqui aquilo que denomino *paródia filosófica por inversão*,[17] ou seja, ele faz a imitação do avesso de uma tese, que soa tão absurda na sua deformação que provoca o riso. No presente contexto, a imitação tem por objeto uma das teses centrais do pessimismo metafísico, isto é, o enunciado de que a maior desgraça de uma criatura é nascer, ou, como gosta de sugerir Schopenhauer em seu estilo trágico: o mundo cheira a enxofre; a terra é o próprio inferno.

PRAZERES DA MESA *VERSUS* ASCETISMO • A paródia machadiana do pessimismo metafísico inverte ainda a passagem basilar da ética de Schopenhauer, notadamente o elogio à negação da vontade, que se mostra na renúncia ao corpo, aos prazeres sensuais, de tipo ascético.

Ao conceber a vida como um pêndulo que oscila daqui para acolá entre a dor e o tédio como polos opostos do sofrimento, Schopenhauer observa que a história dos povos exibe uma figura excepcional que consegue parar essa oscilação do pêndulo da vida e, assim, alcança a verdadeira felicidade, que é a paz espiritual resultante da negação da vontade: precisamente o asceta. Ao negar a própria vontade, nega todos os desejos e, desse modo, abole a possibilidade da insatisfação corporal, porque o seu corpo renunciou à afirmação da vida, simbolizada nos órgãos genitais. Segundo Schopenhauer, ao contrário do que comumente se

O HUMANITISMO É UM OTIMISMO

pensa, tem-se nesse estado de renúncia a autêntica alegria interior, já que os sacrifícios baseados no pleno desprezo pelo corpo e pelos seus desejos não são sentidos como dor, mas como êxtase místico. Ao ter negado a vontade com autoimolações, o asceta anestesiou--se para a vida com as suas ilusões.

Dessa perspectiva, a da negação da Vontade, isto é, a expiação redentora do crime de nascer, o asceta seria o acontecimento moralmente mais relevante sobre a face da terra, a encarnação do sumo bom pela plena anulação da culpa de existir. Ele representaria, portanto, uma personagem brônzea, verdadeiramente corajosa, heroica, que, no seu vigor espiritual e apoiado numa intelecção do todo da vida, apoiado numa intelecção da íntima essência do que gera a dor, renunciou aos enganos sensuais. É um adeus que implica renúncia não só ao sexo, mas também aos prazeres da mesa, até o ponto em que a morte por inanição é uma natural consequência. O asceta, em síntese, reconhece que este mundo, com suas promessas de gozo, é um conto de mau gosto, reconhecimento que se torna um "quietivo" do seu querer. O pensador conclui: "Sob o termo por mim amiúde empregado de ASCESE entendo, no seu sentido estrito, essa quebra PROPOSITAL da vontade, pela recusa do agradável e pela procura do desagradável, o modo de vida penitente voluntariamente escolhido e a auto-castidade, tendo em vista a mortificação contínua da vontade".[18]

Biografias mostram que a redenção ascética teria sido alcançada, por exemplo, por Buddha e Francisco de Assis. O que se sabe dos relatos biográficos deles disponíveis é que foram tipos possuídos em sua renúncia por algo que se expressou com os termos "calmaria oceânica de espírito", "tranquilidade de ânimo",

O NÁUFRAGO DA EXISTÊNCIA

"confiança inabalável", "serenidade jovial", "união com Deus" etc. Enfim, todas essas expressões que apontariam o mistério do que é místico, para aquilo que constitui o limite da linguagem, seja ela filosófica ou artística.

Todavia, o narrador machadiano, noutra inversão paródica do pessimismo metafísico, desenha um Quincas Borba que, no seu otimismo, despreza e zomba filosoficamente da figura do asceta. Para Borba, o ascetismo é uma tolice, uma perda de tempo, um atentado ao estômago e à boa mesa. Comer, beber, fazer sexo é a insofismável felicidade, o que evidentemente é um elogio ao corpo. "Veja São João, continuou ele; mantinha-se de gafanhotos, no deserto, em vez de engordar tranquilamente na cidade e fazer emagrecer o fariseísmo na sinagoga."[19]

Schopenhauer, por sua vez, observa que, na negação ascética da vontade, concretizada no desprezo ao corpo, em verdade se encerra o ciclo cármico dos renascimentos contaminados, o *samsara*. Portanto, não haveria mais palingenesia, logo, sofrimento, pelo menos para os redimidos que realizaram essa integral negação. Esse, sim, seria o genuíno estado de *omnia bona*, em que todas as coisas são boas, precisamente por não haver mais vontade e sofrimentos associados tanto a sua satisfação custosa quanto a sua insatisfação. É o *nirvāna*, a extinção da chama do querer. É a beatitude. Porém se trata de um acontecimento raro. É o reino da graça regido pelos Buddhas e Franciscos de Assis.

NOTAS

1 QB, XI.
2 Voltaire, 2013, p.175.

O HUMANITISMO É UM OTIMISMO

3 W II, 697.
4 W I, 378.
5 W I, 377.
6 ASV, 119.
7 MPBC, CXVII.
8 QB, X.
9 W II, 600.
10 QB, XLVIII.
11 Zimmer, 1986, p.252.
12 "Não são as montanhas, ondas e céus, partes / De mim e de minha alma, assim como sou parte deles?" (W I, 209).
13 "Todas essas criaturas sou eu mesmo e exteriormente a mim não há outros seres" (W I, 209).
14 QB, VI.
15 "Pois o delito maior / Do homem é ter nascido." (apud Schopenhauer, W I, 411).
16 W I, 411.
17 A inspiração para o desenvolvimento dessa noção surgiu quando dos seminários que frequentei da professora Scheer na Universität Frankfurt (em 2000), mais especificamente durante a apresentação de uma leitura de Claus Zittel sobre o início do *Zaratustra* de Nietzsche, em que ele aponta que Zaratustra, diferente de Jesus, em vez de subir, desce a montanha para anunciar suas verdades fundamentais aos discípulos.
18 W I, 454.
19 MPBC, CIX.

PARTE III

Tragédia e ética animal

CAPÍTULO 7

Tatoumes

Tat twam asi
Tatoumes
[Isso és tu]

COMPAIXÃO • A diſtorção caricatural e paródica que são a figura e a filosofia de Quincas Borba, apesar de provocar risos e deſpertar o bom humor dos leitores, exibe, no entanto, um fundo filosófico pessimiſta. Isso se observa tanto no deſtino do Quincas Borba filósofo quanto no do Quincas Borba cachorro, e igualmente no deſtino do discípulo Rubião: os três enlouquecem e cedo morrem.

A transição da narrativa cômica para a trágica, em que o tema da loucura e o do sofrimento dão o tom do enredo, faz com que, ao fim, a visão de mundo pessimiſta de Machado de Assis predomine. É quando curiosamente se serve, como agora veremos, da ética da compaixão. Adota, assim, ao mesmo tempo, uma visão de mundo não antropocêntrica e não antropomórfica, pois essa ética é aplicada ao Quincas Borba cachorro. Tarefa ficcional que é tanto mais surpreendente quando se tem em mente que ela impactará, como mostrarei no próximo capítulo, decisivamente na literatura brasileira, especialmente na de Graciliano Ramos e Guimarães Rosa.

Porém, antes de examinarmos essa transição do cômico para o trágico em *Quincas Borba*, alguns esclarecimentos conceituais sobre a mais conhecida ética da compaixão, justamente a de Schopenhauer. Nela, toda ação compassiva é considerada um milagre, porque, diz o filósofo, as ações humanas, na sua esmagadora maioria, são norteadas por duas molas impulsoras: o egoísmo e a maldade. O egoísmo visa ao bem-estar próprio, é sem limites; a maldade visa ao mal-estar alheio, pode expandir-se até a crueldade, transformando-se na alegria maligna, isto é, no puro prazer em face da dor alheia. Nos dois casos, por ser interessada e ter como foco a figura do agente, a ação não possui intrínseco valor moral, porque, para possuí-lo, sustenta Schopenhauer, ela tem de ter por alvo a relação desinteressada do agente com o objeto da ação; ela pressupõe, por conseguinte, um esquecimento de si. Por outras palavras, a boa ação não pode originar-se da mesma fonte que causa o mal e cria um abismo entre o eu e o não eu. Uma boa ação, portanto, se genuína, ou seja, desinteressada, necessariamente é não egoística e não malvada.

A pergunta que agora se impõe é: haveria, além daquelas duas molas impulsoras da conduta humana, alguma outra que motivasse ações desinteressadas e, por consequência, não tivesse como foco a figura do agente, mas sim a do objeto da ação? Por outras palavras: haveria uma ação que permitisse ao agente transpassar o princípio de individuação e remover o véu de *māyā* das ilusões que separa o eu do não eu?

Schopenhauer responde afirmativamente. Trata-se da ação compassiva. Nela, o agente, ao contrário dos atos egoísticos e maldosos, quer o bem-estar alheio e, para isso, age sem pensar na sua pessoa, mesmo que isso implique a própria morte. Na ação compassiva, o agente vive o sofrimento alheio, vive a sua carência, procura ajudar, tendo a todo momento ciência de que sofre na pele alheia, sem pensar que futuramente poderia ser a parte passiva; do contrário, esse simples pensamento já implicaria em contaminação egoística da ação.

A boa ação nada tem a ver com a figura do altruísta, cuja motivação inconsciente é, antes, o reconhecimento narcísico da própria bondade, o que significa egoísmo.

A desinteressada ação compassiva, ao retirar do eu do agente o foco da ação, revela caracteres nobres de espírito, que fazem entrar em cena a justiça e a caridade autênticas.

A novidade dessa ética da compaixão schopenhaueriana é que ela se estende clara e sonoramente aos animais, ao mesmo tempo que critica os sistemas morais europeus, que esqueceram em suas páginas os "nossos irmãos" de outras espécies e, com isso, tornaram-se sistemas morais especistas, isto é, atribuem valor moral apenas ao ser humano. No limite – eis aqui o gérmen de uma filosofia da ecologia –, a ética da compaixão é extensível à relação do ser humano com "tudo o que tem vida".

Schopenhauer diz que a compaixão com os animais se liga tão estreitamente à bondade de caráter que se pode afirmar, sem medo de errar, que quem é cruel com animais não pode ser uma boa pessoa. Ele cita o caso daquele caçador em safári na África que, ao atirar numa elefanta, voltou na manhã seguinte para procurar o seu corpo, quando a manada havia fugido, menos o filhote da mãe morta, que passou a noite inteira ao lado do seu cadáver. Ao rever o caçador naquela manhã, veio até ele, abraçou-o com a pequena tromba, pedindo-lhe ajuda com os olhos. Foi quando o caçador tomou ciência da enormidade do seu ato, sentiu toda a dor daquela criatura e, de imediato, o seu sentimento de compaixão foi despertado pelo sofrimento do animal; sentiu-se então como se tivesse cometido um crime.

Por tudo isso, por esse poder de impulsionar o indivíduo para um ato que contraria a composição predominante da natureza humana, notadamente os impulsos do egoísmo e da maldade, a compaixão ativa é, para o filósofo, o fundamento da ética. Ela é pura espontaneidade, não pode, portanto, ser prescrita aos moldes de um imperativo, embora dela possa originar-se uma, por assim dizer, pedagogia da compaixão, com repercussões jurídicas, políticas, culturais etc. Não se trata aqui, por conseguinte, de simples atitude contemplativa e prazerosa perante o sofrimento alheio, que é antes omissão com tempero sádico.

Consciente ou inconscientemente, o ato compassivo, do qual todos somos capazes, até mesmo um facínora, faz descobrir, diante de quem é ajudado, a identidade metafísica dos seres – *tat twam asi*, "isso és tu", *tatoumes*, que numa linguagem universalmente compreendida significa "possam todos os seres vivos permanecer livres de sofrimento".

O ETERNO RETORNO DO MESMO • De fato, o romance *Quincas Borba* é caracterizado por uma implícita ética da compaixão, que envolve o Quincas Borba cachorro. Observa-se isso já no fato de, em sua caracterização, sabermos que o cachorro é vira-lata, provavelmente recolhido da rua, o que, por si só, já indica um nascimento à margem da sociedade familiar. Era de tamanho médio, cor de chumbo, manchas pretas. Dormia no mesmo quarto do filósofo, a quem acordava todas as manhãs, pulando na cama, ocasião em que trocavam as primeiras saudações. A extravagância de dar o próprio nome ao cachorro era explicada pelo seu senhor por dois motivos, um doutrinário, o outro particular.

Motivo doutrinário. "Desde que Humanitas, segundo a minha doutrina, é o princípio da vida e reside em toda a parte, existe também no cão, e este pode assim receber um nome de gente, seja cristão ou muçulmano..."[1] Quincas Borba invoca aqui o princípio originário de sua filosofia, Humanitas, substância una dos seres, para justificar que o cão é ele, logo, pode assim ganhar o nome do filósofo.

Ora, se de novo recorrermos à filosofia de Schopenhauer, lemos em sua biografia que os seus dois poodles tiveram o mesmo nome: Ātman. Este é o si mesmo anímico do cosmo. Schopenhauer recorrera, portanto, semelhantemente ao que fez Borba, à doutrina da identidade metafísica dos seres, que lhe assegura que o primeiro poodle não morrera, mas sobreviveu no segundo, e no seu dono. Quer dizer, quando morresse Schopenhauer, caso Ātman sobrevivesse, aquele sobreviveria neste, já que, no fundo, a todas as criaturas é inerente a mesma imperecível substância originária, que os indianos chamam Brahman, o monismo pessimista de Schopenhauer, Vontade de vida, o Humanitismo de Quincas Borba, Humanitas.

Essa Vontade de vida repõe constantemente as suas criaturas na efetividade, de modo que os seus tipos aparecem e desaparecem numa alternância incessante, que todavia não prejudica a sua tipologia nem as suas espécies. Configura-se, dessa forma, a doutrina do eterno retorno do mesmo. É a clássica noção metafísica da mudança dos acidentes em meio à permanência da substância. Dessa perspectiva, cada um sempre renascerá em outro ser, exceto se, mediante uma obra da graça, anular o seu enraizamento na substância originária, como o fazem os santos e os ascetas. O símbolo daquela doutrina é, para Schopenhauer, a mais perfeita das figuras geométricas, o círculo.

> Sempre e por toda parte o autêntico símbolo da natureza é o círculo, porque ele é o *esquema do retorno* [JB]: esta é, de fato, a forma mais geral na natureza, que ela adota em tudo, desde o curso das estrelas até a morte e o nascimento dos seres orgânicos, e apenas por meio da qual, na torrente incessante do tempo e do seu conteúdo, torna-se possível uma existência permanente, isto é, uma natureza.[2]

Vida e morte são vidros de um caleidoscópio, que produz diversas combinações de formas e cores, aparentemente inéditas e infinitas, porém, na sua base, a configuração dos espelhos é sempre a mesma.

O círculo do eterno retorno é facilmente visível nas estações do ano, na regularidade do curso das estrelas e dos planetas, no curso dos rios para o mar, nos rituais de acasalamento de certos animais, dentre outros fenômenos regulares. Tudo isso, segundo

Schopenhauer, é a afirmação da Vontade de vida em natureza, é a expressão da sua sede de viver em criaturas. A vida quer viver.

> Assim, tudo dura só um instante e corre para a morte. A planta e o inseto morrem no fim do verão, o animal, o ser humano, depois de alguns anos: a morte ceifa incansavelmente. Entretanto, malgrado isso, é como se não fosse assim, tudo sempre existe em seu lugar e posição, justamente como se tudo fosse imperecível. A planta sempre verdeja e floresce, o inseto zune, o animal e o ser humano estão aí em vicejante juventude, e as cerejas, que já foram fruídas milhares de vezes, nós as temos a cada verão de novo diante de nós...[3]

Se, de um lado, Quincas Borba define Humanitas como o "princípio da vida" que reside em toda parte, por outro lado, Schopenhauer define a Vontade de vida como o princípio que reside integralmente em tudo, de tal forma que, se, por absurdo, um único ser, mesmo o mais ínfimo, "fosse completamente aniquilado, com ele teria de sucumbir o mundo inteiro".[4] Ter sido tomado por esse sentimento de unidade, para além da ilusória pluralidade espaçotemporal das aparências, eis a chave, segundo o filósofo, para compreendermos o sentido dos versos de Angelus Silesius:

> *Sei que sem mim Deus não pode viver um instante sequer.*
> *Se eu for aniquilado, também o seu espírito se esvaece.*[5]

Passagens poético-religiosas como essa são invocadas por Schopenhauer para corroborar o monismo da substância originária, que subjaz aos seres, em afinidade com o brahmanismo.

Quanto ao motivo particular de Quincas Borba ter dado o próprio nome ao cachorro, justifica-o dizendo que, se morresse antes, como presumia, sobreviveria no nome do seu bom amigo. O que não passa de uma variação retórica do primeiro motivo, pois dizer que vai sobreviver no nome do cachorro é o mesmo que dizer que vai sobreviver porque é Humanitas, que habita tanto nele quanto no animal, logo, se morrer, sobreviverá na unidade que é comum a ambos.

O OLHAR DO CACHORRO • A cena de abertura da primeira versão do romance *Quincas Borba* é a do moribundo filósofo estendido numa cama, brincando com o seu animal de companhia, quando o beija na testa e o chama de pelintra, feiozinho. Cena que simboliza a profunda afeição e amizade que existia entre ambos, espécie de compaixão recíproca, e contrasta com o tom do restante da obra, em que o narrador relata os tabefes que o cachorro recebia do professor Rubião, encarregado de cuidar dele após a morte do filósofo. O que demonstra a ingratidão para com o defunto, pois, conforme cláusula testamentária, tinha Rubião o dever de bem cuidar do cachorro como se ele fosse uma pessoa, para não perder a herança. Às vezes os tabefes são recebidos quando o animal procura as mãos dele na singela esperança de receber carinhos. De fato, cabem aqui, como na vida em geral, os versos de Augusto dos Anjos, que soam que a mão que afaga é a mesma que apedreja, a boca que beija é a mesma que escarra.

Quincas Borba cachorro, no entanto, sem perder a confiança no seu novo senhor, e apesar das pancadas que recebe, não só dele, mas do seu criado, procura renovada e pacientemente uma mão para o acarinhar, pois nunca se lembra da possibilidade de um pontapé ou de um tapa. "Tem o sentimento da confiança, e muito curta a memória das pancadas." Acredita sinceramente que é amado.

A vida do animal, sopesadas as circunstâncias, não era boa nem ruim. Recebia todos os dias de um garoto banhos frios, dos quais não gostava. Perambulava pela casa, e podia assistir ao almoço e ao jantar. Todavia, se chegavam visitas, Rubião mandava tirá-lo da sala. O criado espanhol obedecia, fingia que o tratava bem, porém, quando não era mais visto, arrastava-o pela orelha ou pela perna e o jogava bem longe, gritando *perro del infierno*, cachorro do inferno, e fechava-lhe todos os acessos aos aposentos.

Numa dessas vezes, Quincas Borba retira-se machucado, triste, para um canto da casa, e fica lá deitado, calado. Agita-se um pouco, sossega, fecha os olhos, recolhe-se em si mesmo, introspectivo, para... pensar! Numa das mais belas cenas da prosa machadiana e de toda a literatura brasileira – que influenciará fortemente Graciliano Ramos, ao entrar na mente da personagem cachorra Baleia em *Vidas secas*, como logo veremos –, o narrador examina a mente do cachorro, para encontrá-la cheia de muitas e variadas... ideias! Ideias de cachorro. Imagens que desfilam em sua consciência, superpondo-se umas às outras, e que ele, triste, quase dormindo, associa à lembrança do finado filósofo, que lhe aparece andando ao longe, vaga figura que se funde à do atual dono, até um ponto em que as duas se tornam uma só.

Abro aqui um importante parêntese, para observar como Machado de Assis, em sua prosa realista, opera com admirável paciência e minudência a análise psicológica das suas personagens, em busca das motivações secretas que as movam, ou seja, em busca de uma ou outra "ideia latente, inconsciente", pronta para sorrateiramente dominar a pessoa que acha que é dona de si, dona da própria morada interior. Essa noção de ideia latente e inconsciente, ele a pega, de maneira vanguardista – cerca de vinte anos antes da psicanálise de Freud e da sua *Interpretação dos sonhos* de 1900 –, de *O mundo como vontade e como representação* de Schopenhauer, em que aparece a noção de ações motivadas pelo domínio inconsciente da psique, isto é, pelo "primado da vontade na consciência de si",[6] associada ao comentário dessa obra que é a *Filosofia do inconsciente* de Eduard von Hartmann.

Com isso, na obra do romancista carioca encontramos frequentemente a imersão no domínio das motivações inconscientes, com o que ele, por vezes maldosamente, escancara a subjetividade das suas personagens, revelando aspectos não vistos pela sociedade em que elas vivem, de modo que o leitor conhece, antes mesmo da personagem, e dos que estão em torno dela, os seus desejos, os seus temores, os seus tremores, as suas secretas aspirações, as suas inconfessas repulsas, as suas dissimulações, enfim, a sua índole moral. O leitor torna-se, junto com o autor, um psicólogo do inconsciente.

Ora, por causa dessa onipresente psicologia em sua obra realista, alguns críticos literários, como Sílvio Romero, reclamaram que teria faltado ao autor carioca a descrição da paisagem brasileira, especialmente a do Rio de Janeiro, cenário das suas obras: "falta completamente a paisagem, falham as descrições, as cenas da natureza, tão abundantes em Alencar..."[7]

Tal crítica, porém, é improcedente, porque a descrição machadiana da paisagem carioca prima por ser ricamente sintética. Com duas ou três palavras ele cria, com genialidade, um quadro que impacta forte, com o seu colorido e a sua densidade, na percepção estética dos leitores. Como exemplo, observe-se esta passagem: "A lua estava então brilhante; a enseada, vista pelas janelas, apresentava aquele aspecto sedutor que nenhum carioca pode crer que exista em outra parte do mundo. A figura de Sofia passou ao longe, na encosta do morro, e diluiu-se no luar..."[8] São poucos elementos descritivos, porém geometricamente distribuídos, para ao fim ter-se um cenário marítimo banhado pela clara luz da lua que derrama a sua brancura sobre a enseada e a encosta do morro circundante; e, para dar um toque misterioso à atmosfera, uma figura de mulher passando ao longe e diluindo-se na luz do luar. Um quadro de rara beleza. Esse é o estilo machadiano de descrição paisagística. Poucos termos para uma máxima descrição da natureza. Isso não nos impede, entretanto, de reconhecer em Machado de Assis antes um *voyeur* das camadas inconscientes da psique e, por isso mesmo, um cético moral, já que há em suas análises psicológicas a predileção, muitas vezes sádica, em expor que os valores que movem as pessoas são perfeitamente negociáveis.

Ora, nessa *oficina machadiana de criação literária*, que opera com a noção de ideia latente e inconsciente, inclui-se a mente do cachorro Quincas Borba. Com efeito, na cena acima citada de abertura do romance homônimo, em que o cachorro contracena com o seu senhor, o autor entra tão fundo na mente do animal que se depara com o indizível, o qual nem mesmo a sua arte literária, ele confessa, consegue exprimir. "Mas já são muitas ideias, – são ideias demais; em todo caso são ideias de cachorro, poeira de ideias, – menos ainda que poeira, explicará o leitor. Mas a verdade é que este olho que se abre de quando em quando para fixar o espaço, tão expressivamente, parece traduzir alguma coisa, que brilha lá dentro, lá muito ao fundo de outra coisa que não sei como diga, para exprimir uma parte canina, que não é a cauda nem as orelhas. Pobre língua humana!"[9]

Ao prospectar a psique do cachorro, o narrador se depara com o "irrepresentável total". Todavia, se confessa que não consegue expressar o que se passa no abismo da subjetividade desse cão, cujos olhos brilhantes se abrem para fixar o espaço acima de si, é porque o abissal dessa interioridade canina – cujo substrato é a Natureza, comum ao ser humano – escapa a qualquer forma de expressão linguística, por mais perfeita que esta seja, mesmo a artística.

Ao fixar o espaço, os olhos de Quincas Borba remetem ao substrato das coisas e das criaturas. Substrato que, devido a sua infinitude, não pode ser descrito nem visto. Porém, cada um pode vivenciá-lo esteticamente na arte e no cosmo, caso tome plena ciência do contraste entre a própria finitude corporal e a infinitude do espaço e do tempo que o envolve, em presença de fenômenos artísticos ou naturais espantosos. Tais vivências são antes possíveis na natureza. Kant teve esse tipo de experiência, e a expôs, filosoficamente, na primeira parte da sua *Crítica da faculdade de juízo*, na qual confessa que a comoção estética mais intensa de que era capaz ocorria na contemplação da Via Láctea, oportunidade para meditar nos infindáveis outros mundos que a compunham e nos movimentos periódicos deles em torno de outras estrelas (provavelmente também pensava nos possíveis habitantes de tais mundos). Kant não era um grande estilista da língua alemã – a sua prosa é feia, composta de períodos longos e gramaticalmente rebuscados –, mas os termos que escolheu para transmitir a sua vivência compuseram, involuntariamente, uma prosa poética, de raríssima beleza, marcada pelo contraste entre a simplicidade seca e clara do enunciado e a profundidade do pensamento.

Duas coisas enchem o espírito com sempre nova e crescente admiração e respeito quanto mais frequente e detidamente o pensamento com elas se ocupa: o céu estrelado sobre mim, e a lei moral dentro de mim. Eu não procuro ou conjecturo as duas como se fossem obscuridades veladas ou extravagâncias para além do meu horizonte de visão; eu as vejo diante de mim e as ligo imediatamente com a consciência de minha existência.[10]

É a experiência do substrato universal da natureza, ao qual o espectador se liga visceralmente. Semelhante experiência, do espaço grandioso acima dele, remete ao infinito, que nada tem de extravagância espiritual nem é uma obscura percepção, mas algo experimentado, que liga em sentimento e pensamento o espectador a sua imortalidade, embora o seu corpo físico seja ali diminuído ao máximo; todavia, não é o seu corpo que sobreviverá, e sim algo que lhe é interiormente eterno, cuja ciência, para Kant, é dada pelo que ele chama de lei moral. Portanto, embora Kant não contemple na Via Láctea o infinito, porque este não é apreensível na percepção de seres finitos, isso, contudo, não significa que o infinito seja um mero pensamento, precisamente porque o sentimento tem a capacidade de apreendê-lo, conferindo a ele, assim, uma singular positividade. Ou seja, o infinito, apesar de inexponível no espaço, é, contudo, vivenciado no tempo, forma da subjetividade. A essa vivência estética Kant chama de "apresentação negativa do infinito".

A experiência do infinito, que Kant vivenciava, foi por ele denominada, a partir de Burke, experiência do sublime. Esta pode ocorrer tanto diante da grandiosidade da natureza, que reduz o indivíduo a nada (como na contemplação da Via Láctea), ocasião em que se tem o sublime matemático, quanto diante do poder ameaçador da natureza, que coloca em perigo a vida do indivíduo (como nas tempestades marítimas e nas erupções vulcânicas), ocasião em que se tem o sublime dinâmico.

Interessante para mim nessa confissão de Kant é notar que o seu olhar para a Via Láctea, no céu de Königsberg, assemelha-se ao olhar do cachorro Quincas Borba, quando, no canto de uma casa no Rio de Janeiro, olha para o teto. Tais olhares para o alto, o do filósofo e o do cão, me permitem, como leitor, apreender algo comum a suas subjetividades, o sentimento da identidade metafísica dos seres – "tudo é um". Tanto mais relevante é essa experiência se pensarmos que esse sentimento de identidade, em Schopenhauer, é o mesmo que está na raiz da ação compassiva, que inclui os animais. Através daqueles olhares, que consideram o mundo acima de si, não é Kant ou Quincas Borba quem contempla o espaço, mas o assim chamado puro sujeito do conhecimento – impessoal, exterior ao mundo das aparências – do qual o indivíduo é uma mera potência cognitiva. Ora, o puro sujeito do conhecimento, em *O mundo como vontade e como representação* de Schopenhauer, é *das* EINE *Weltauge*, o UM olho cósmico, que conhece onde quer que haja conhecimento, porém não entra na classe dos objetos cognoscíveis; comparativamente é como o olho fisiológico, que vê sem ser visto, pois está fora do campo visual. Nesse sentido, o puro sujeito do conhecimento é o limite do mundo cognoscível.

PALINGENESIA • Como adiantamos na Parte II deste ensaio, o termo palingenesia vem do grego πάλιν, repetição, e γένεσις, gênese, nascimento: repetição do nascimento. Ora, de um renascimento, o do filósofo mineiro que lhe legara vultosa fortuna, desconfiava o intelectualmente limitado Rubião. Todavia, na sua estreiteza de raciocínio, pensava que havia a possibilidade de o filósofo renascer no corpo de um ser já nascido, o que seria, em verdade, uma possessão espiritual. Com medo de cobranças do além, Rubião destinava ao animal carinhos protocolares. Tinha medo do olhar dele, pois poderia ser o olhar do filósofo que o vigiava, logo, que julgava a sua conduta displicente para com o cachorro. O problema é que o bicho por vezes recebia pancadas, simplesmente por ir à sua mão pedir carinho. Devido a tal reprovável atitude, a consciência moral de Rubião lhe dava puxões de orelha. Num desses momentos, ao olhar subitamente para o cão, sentiu um calafrio: "O cão olhava para ele, de tal jeito que parecia estar ali dentro o próprio defunto Quincas Borba; era o mesmo olhar meditativo do filósofo, quando examinava negócios humanos..."[11]

O tema do olhar animal na prosa machadiana é, dessa forma, um suplemento ao tema da palingenesia. Pois, das vezes que Rubião tinha coragem de encarar o cachorro, é como se os motivos doutrinários que levaram o filósofo a dar o próprio nome ao animal fossem nesses instantes finalmente compreendidos, ou seja, que o pai do Humanismo sobrevivera no cão, para saber se este

Diego Velázquez (1599-1660): olhar animal em *Infante D. Fernando como caçador*

estava ou não sendo tratado de maneira digna. Lemos no capítulo XLIX: "Quincas Borba, que estava com ele no gabinete, deitado, levantou casualmente a cabeça e fitou-o. Rubião estremeceu; a suposição de que naquele Quincas Borba podia estar a alma do outro nunca se lhe varreu inteiramente do cérebro. Desta vez chegou a ver-lhe um tom de censura nos olhos; riu-se, era tolice; cachorro não podia ser homem. Insensivelmente, porém, abaixou a mão e coçou as orelhas ao animal, para captá-lo".[12]

O narrador, ao brincar com o tema do renascimento, especula – retenhamos – sobre a possibilidade do renascimento de alguém num corpo já ocupado por um renascido, logo, insinua sobre o tema da possessão espiritual e, por extensão, da dupla personalidade. O fato é que Rubião notava nos olhos meio fechados do cão "um ar dos olhos do filósofo" quando este lhe expunha a sua doutrina. A má consciência de Rubião lhe turvava a reflexão, ao ponto de ouvir a voz do defunto perguntando alguma coisa. "Rubião, apavorado, olhou em volta de si; viu apenas o cachorro, parado, olhando para ele. Era tão absurdo crer que a pergunta viria do próprio Quincas Borba, – ou antes do outro Quincas Borba, cujo espírito estivesse no corpo deste, que o nosso amigo sorriu com desdém; mas, ao mesmo tempo, executando o gesto do capítulo XLIX, estendeu a mão, e coçou amorosamente as orelhas e a nuca do cachorro, – ato próprio a dar satisfação ao possível espírito do finado."[13]

NOTAS

1 QB, V.
2 W II, 571.

O NÁUFRAGO DA EXISTÊNCIA

3 W II, 573.

4 W I, 150.

5 Apud Arthur Schopenhauer, W I, 150.

6 Cf. W II, de 1848, suplemento 14, "Sobre a associação de pensamentos", e suplemento 19, "Do primado da vontade na consciência de si".

7 Apud Cristovão Tezza, 2008, p.241.

8 QB, LIX.

9 QB, XXVIII.

10 No original alemão: *"Zwei Dinge erfüllen das Gemüt mit immer neuer und zunehmender Bewunderung und Ehrfurcht, je öfter und anhaltender sich das Nachdenken damit beschäftigt: Der bestirnte Himmel über mir, und das moralische Gesetz in mir. Beide darf ich nicht als in Dunkelheiten verhüllt, oder im Überschwenglichen, außer meinem Gesichtskreise, suchen und bloß vermuten; ich sehe sie vor mir und verknüpfe sie unmittelbar mit dem Bewußtsein meiner Existenz"* (*Kritik der praktischen Vernunft*, várias edições, tradução do autor).

11 QB, XLIX.

12 QB, LXIX.

13 QB, LXXIX.

CAPÍTULO 8

Graciliano Ramos e Guimarães Rosa

SERTÕES • A ética machadiana que trata das venturas e desventuras de Quincas Borba cachorro, decerto, penso, veio a servir de inspiração para as criações literárias que são a cachorra Baleia de Graciliano Ramos e o burrinho pedrês Sete-de-Ouros de Guimarães Rosa, duas das mais singulares e apaixonantes personagens da ficção brasileira. Foi, como adiantei, uma ética recebida e assimilada de Schopenhauer, o que, acrescento ainda, a fez caudatária de uma rara tradição filosófica que remonta a Montaigne e Hume. Estes reconheceram e demonstraram em páginas inesquecíveis a capacidade cognitiva e o senso moral dos animais.

Apresento aqui, então, uma pequena história filosófica, com vistas a apreendermos a envergadura teórica do tributo literário que, decerto, Guimaraes Rosa e Graciliano Ramos prestaram à ética animal do Bruxo do Cosme Velho e, por extensão, à ética da compaixão de Schopenhauer.

OS FILÓSOFOS E OS ANIMAIS • Montaigne, no ensaio *Apologia de Raymond Sebon*,[1] nos apresenta uma bela, impressiva e epistemologicamente precisa abordagem acerca da capacidade cognitiva e acerca dos sentimentos dos nossos irmãos ditos irracionais. Observa que eles dispõem de formas de linguagem perfeitamente compreensíveis a nós, pois "que outra coisa senão falar é essa faculdade que lhes vemos de se queixarem, de se alegrarem, de clamarem por socorro, de se convidarem para o amor, como fazem usando a voz?"[2] Voz que, comumente, é considerada um atributo exclusivo dos seres humanos, todavia Montaigne a atribui também aos animais. De fato, é preciso ter em mente que a língua falada por um povo nada é senão uma dentre tantas outras formas de linguagem, que, em sua ampla acepção, como recurso de comunicação e emissão de significados, de modo algum é sinônimo de língua falada e escrita. Basta elencarmos as variadas formas de comunicação e emissão de significados diferentes da língua falada, que os humanos mesmos utilizamos todos os dias, e comuns aos animais, como os gestos, os olhares, as variações do tom de voz, as variações das expressões faciais e das posturas corporais etc. No meio dessa variedade, desenha-se o amplo arco da comunicação, que possibilita o entendimento recíproco entre as espécies. Esse é o sentido desta observação de Montaigne: "De quantas formas falamos com nossos cães? e eles nos respondem. Conversamos com eles com uma outra linguagem, com chamamentos diferentes do que com os pássaros, com os porcos, os bois, os cavalos, e mudamos de idioma de acordo com a espécie".[3]

Essa constatação de Montaigne, de que os animais apresentam formas compreensíveis de comunicação, é um libelo contra o egoísmo e a vaidade humanos, alimentados pela prepotência da razão, que inflam o nosso narcisismo e turvam a profunda compreensão que poderíamos ter do mundo, com o erro de que só o que é conceitual, enformado em palavras ou números, seria algo capaz de transmitir pleno significado. Erro esse que divorcia o ser humano da natureza e, no decorrer da história, inventou para ele pretensas vantagens antropocêntricas e antropomórficas diante do entorno natural.

No entanto, até mesmo o Antigo Testamento, tão refratário à questão dos bons tratos com os animais, em Eclesiastes 3,19 alerta que "o que sucede aos filhos dos homens, isso mesmo também sucede aos animais; a mesma coisa lhes sucede: como morre um, assim morre o outro, todos têm o mesmo fôlego; e a vantagem dos homens sobre os animais não é nenhuma, porque todos são vaidade".[4]

A faculdade de razão, com os seus supostos produtos privilegiadíssimos – a língua e a ciência –, de maneira alguma detém a prerrogativa de poderes tiranos sobre as demais espécies. Pensar assim é uma perversão do espírito, que faz uma falsa conclusão a partir de premissas igualmente falsas, as de que os produtos da razão são primários e superiores, quando em verdade, diz Schopenhauer, eles são secundários em relação às intuições, às visões empíricas do mundo. A vantagem da razão reside, sobretudo, na elaboração de sistemas teóricos de conhecimento, e no facilitar a comunicação e ação planejada dos humanos entre si. Mas, a partir daí, concluir a existência de uma autorização, como que divina, para tiranizar o meio ambiente é, em realidade, uma deformação moral que, ao fim, reverte em desvantagem para o próprio ser humano.

O NÁUFRAGO DA EXISTÊNCIA

Quando Montaigne chama a nossa atenção, em seu ensaio supracitado, sobre o papel secundário da razão, contrapõe-se àquela visão racional narcisista, que fez do humano o destrutivo predador da natureza, que foi canonizada como paradigma da modernidade especialmente no *Discurso do método* de Descartes, ao afirmar que a razão deve tornar o ser humano o senhor e o possuidor da natureza. Racionalismo filosófico-científico que se recusa a atribuir dignidade aos animais, justificando que estes, por não possuírem razão, não possuem alma, pois a razão se confundiria com a alma. Para o racionalismo cartesiano, os animais seriam simples coisas, perfeitamente manipuláveis, porque vazios de vida, ou seja, corpos-máquina que não conseguem sentir nem entender direito o mundo.

Contudo, Montaigne já se posicionara, como que prenunciando essa barbárie do dogmatismo racionalista, contra semelhante visão de mundo:

> Quando brinco com minha gata, quem sabe se ela não se distrai comigo mais do que eu com ela? Platão, em seu relato da idade de ouro regida por Saturno, arrola entre as principais vantagens do homem de então a comunicação que ele tinha com os animais, com os quais, inquirindo e instruindo-se, aprendia as verdadeiras qualidades e diferenças de cada um deles, pelo que adquiria entendimento e prudência perfeitos e conduzia sua vida com muito maior felicidade do que poderíamos fazer.[5]

A Hume também desagradava esse orgulho narcísico do ser humano que se considera o dono da natureza. Pensa, inclusive, que os animais têm a faculdade da razão. Em seu *Tratado da natureza humana*, na seção intitulada "Da razão dos animais", afirma que "quase tão ridículo quanto negar uma verdade evidente é realizar um grande esforço para defendê-la".[6] E, para ele, verdade alguma é mais evidente – logo, não precisa de defesa – que o fato de os animais serem "dotados de pensamento e razão, assim como os seres humanos". Razão que ele compreende, de um lado, como a faculdade de, a partir do hábito, comandar a realização de ações ordinárias, como no caso do cão que evita o fogo, afasta-se de estranhos, trata bem o seu dono; e, de outro, como a faculdade de orientar ações extraordinárias, como no caso do pássaro que escolhe de maneira precisa o lugar e os materiais do seu ninho para, no tempo e na estação apropriados, nele chocar os seus ovos, entre outros fenômenos espetaculares da vida animal, como, lembro, aquele de grupos de pássaros que, todos os anos, cruzam milhares de quilômetros atmosféricos guiados por uma bússola biológica para, em exato lugar e determinado período de tempo, realizarem a sua reprodução.

Tanto no âmbito ordinário quanto no extraordinário, a razão, afirma Hume, é um maravilhoso e ininteligível instinto" de sobrevivência, tanto de humanos quanto de não humanos. Ora, também comum a muitas espécies são certos sentimentos e certas paixões reciprocamente reconhecíveis. Na seção "Amor e ódio dos animais", diz que "é evidente que a simpatia ou comunicação das paixões ocorre entre os animais tanto quanto entre os seres humanos"; como se tivessem senso moral, aqueles por vezes evitam atos maldosos contra os semelhantes. "E é notável que, embora quase todos os animais, ao brincar, empreguem a mesma parte do corpo que usam para lutar, e ajam quase da mesma maneira – o leão, o tigre e o gato usam suas garras; o boi, seus chifres; o cão, seus dentes; o cavalo, seus cascos; eles evitam cuidadosamente ferir seu companheiro..."[7]

Tais linhas humianas sobre a índole dos animais afinam-se perfeitamente com estas outras de Montaigne, quando cita um texto de Apiano, que relata o acontecimento extraordinário que se deu na arena romana dos gladiadores: a recusa de um leão em lutar contra um escravo. Os romanos quiseram saber o porquê. O escravo então relatou que, na África, fugira dos maus-tratos do seu senhor, abrigando-se numa caverna. Nela surgiu um leão, com uma pata ferida, gemendo de dor. O escravo, em princípio, encolheu-se com medo num canto, todavia o leão mansamente aproximou-se dele e mostrou-lhe a pata ensanguentada, pedindo ajuda. O escravo a pegou, dela retirou uma grande lasca de madeira e limpou a ferida. O leão, sentindo-se aliviado, descansou e adormeceu com a pata nas suas mãos. Os dois passaram a dividir a mesma caverna por três anos seguidos. Dos animais que o leão caçava, trazia para o escravo os melhores pedaços. Um dia, porém, o escravo cansou-se daquela vida. Esperou o leão sair para a sua caçada habitual e foi-se embora. Contudo, foi capturado, trazido para Roma e, agora, na arena dos gladiadores, fora obrigado a lutar contra as feras. Todavia, o leão do combate era justamente aquele que recebera os seus cuidados; ele também fora capturado e trazido a Roma. Ora, quando, na arena, o animal viu o oponente, logo reconheceu o escravo que dele cuidara, correu para saudá-lo, mais uma vez agradecendo-lhe com afagos a ajuda outrora recebida, sendo nisso correspondido.

Tão surpreendente espetáculo levou os espectadores a pedir a liberdade deles. Pedido atendido, o leão foi dado de presente ao escravo. Os dois eram vistos a perambular pelas ruas e tavernas de Roma, recolhendo admiração e esmola. O leão por vezes era coberto de flores. Costumavam dizer: "Eis o leão anfitrião do homem, eis o homem médico do leão".

Ao fim desse relato de Apiano, Montaigne observa que frequentes vezes choramos a perda dos animais que amamos; e eles, a dos humanos que amam.

Ora, é essa linha ética de abordagem da conduta dos animais, ancorada em evidências dos seus sentimentos e da sua capacidade cognitiva, a mesma que, via Schopenhauer e Machado de Assis, pode ser traçada até a literatura brasileira, passando especialmente por Graciliano Ramos, mediante a cachorra Baleia, e Guimarães Rosa, mediante o burrinho Sete-de-Ouros.

BALEIA • O leitor de Graciliano Ramos conhece bem o capítulo "Baleia" de *Vidas secas*, de 1938, consagrado a uma cachorra. Num realismo que gosta de cenas cruéis, putrefatas, o ficcionista alagoano retrata a saga de uma família de retirantes e, nela, um animal em chagas. Descreve o estágio terminal de sua vida, numa opção estilística que Schopenhauer, em sua metafísica do belo, denomina "estimulante negativo", definido como a técnica que o artista emprega para atingir rápida e diretamente a sensibilidade do espectador, sem cuidado com ela, valendo-se de cenas repugnantes. A descrição da agonia da Baleia detém-se morbidamente no corpo ferido do animal, e no sofrimento causado pela mal executada tentativa do seu sacrifício: "A cachorra Baleia estava para morrer. Tinha emagrecido, o pelo caíra-lhe em vários pontos, as costelas avultavam num fundo róseo, onde manchas escuras supuravam e sangravam, cobertas de moscas. As chagas da boca e a inchação dos beiços dificultavam-lhe a comida e a bebida".[8]

Um escritor comedido, preocupado com a sensibilidade do leitor, evita fazer a lista dos detalhes do padecimento de um corpo, justamente para evitar o estresse estético de quem frui a obra, o que ao fim pode despertar repulsa, distanciamento dela. Tragediógrafos antigos, como Homero, ou modernos, como Shakespeare, mestres maiores na exposição de padecimento e sangue, evitam explicitar a patologia do mal das personagens. Dessa forma, preservam a sensibilidade do espectador. A cena trágica consagrada privilegia a camuflagem, deixando algo para que a imaginação do leitor trabalhe, de modo que ele também participe da criação, como se a obra de arte fosse aberta e precisasse ser por outrem concluída. Mas, movido pela vontade de denunciar a miséria de retirantes nordestinos ignorados pelo poder constituído, Graciliano Ramos não faz essa concessão estética aos seus leitores e pinta as chagas de Baleia.

Fabiano, dono da Baleia, decidiu carregar de chumbo a espingarda. A cachorra desconfiou dos seus movimentos, tentou fugir, "até ficar no outro lado da árvore, agachada e arisca, mostrando apenas as pupilas negras". O narrador detalha o sofrimento da cachorra, por causa do tiro mal dado, que não a abateu, porém lhe "alcançou os quartos traseiros e inutilizou uma perna". Descreve a fuga dela, mancando; depois, já sem o movimento dos quartos traseiros, arrastou-se, encostou-se numas pedras, ficando ali imóvel enquanto "uma sede horrível queimava-lhe a garganta".

Tirante o gosto estético pelo mórbido, *Vidas secas* sem dúvida merece, pelo nervo da sua narrativa, figurar entre os grandes romances da literatura brasileira, sobretudo pelo honesto tributo intelectual que, penso, presta à ética animal de Machado de Assis e Schopenhauer. De fato, Graciliano Ramos concede ali heroico protagonismo a uma cachorra, na sua condição de um ser que sofre, que pensa, que compreende o que se passa em torno de si. Emociona sobretudo o sonho terminal dela. Como Machado de Assis em relação a Quincas Borba cachorro, Graciliano Ramos desce até a psique da Baleia, e diz que ela, num canto de mundo, tem a mente cheia de ideias, ideias de cachorra: "Baleia queria dormir. Acordaria feliz, num mundo cheio de preás. E lamberia as mãos de Fabiano, um Fabiano enorme. As crianças se espojariam com ela. Rolariam com ela num pátio enorme, num chiqueiro enorme. O mundo ficaria todo cheio de preás, gordos, enormes".[9]

SETE-DE-OUROS • Guimarães Rosa, em *Sagarana*, de 1946, apresenta-nos, na novela "Um burrinho pedrês", o Sete-de-Ouros. Burrinho sertanejo miúdo, de caráter resignado, porém com força e coragem de "gente" grande. Na mocidade fora comprado e trocado diversas vezes. Todavia, apesar do vaivém de boa e má ventura, mostrou tranquilidade de ânimo e determinação brônzea. Tornou-se um sábio, "como outro não existiu e nem pode haver igual". Estava velho, quase não enxergava, e despertava a desconfiança sobre a sua capacidade em ajudar os vaqueiros. Mesmo assim, a fim de acrescentar força motriz à dos cavalos, foi recrutado para ajudar na entrega de uma boiada. Mas vaqueiro algum queria montá-lo. Supunham que não teria a agilidade necessária para auxiliar na entrega do gado, que incluía a travessia de um rio. Apesar disso, foi incorporado ao grupo. E lá se foram os vaqueiros, montados em seus equinos, sertão adentro, em época de volumosos aguaceiros.

Após a entrega da boiada na cidade de destino, no retorno, o céu carregou-se em densas nuvens de tempestade. Desabou um aguaceiro, e o rio que, tranquilos, atravessaram na ida estava agora cheio, com fortes correntezas, o que, entretanto, não impediu a destemida tropa de atravessá-lo: um sertanejo não fraqueja diante do perigo. Com vigor e coragem entraram no rio. O poder das águas era avassalador. Tentaram contrapor-se, lutando desesperados contra as correntezas, contra o afogamento. Tudo em vão. O que se seguiu foi uma inglória batalha contra a morte. Foram um a um engolfados pelos vórtices aquosos: "Com um rabejo, a corrente entornou a si o pessoal vivo, enrolou-os em suas roscas, espalhou, afundou, afogou e levou. Ainda houve um tumulto de bravos, avessos, homens e cavalgaduras se debatendo. Alguém gritou. Outros gritaram. Lá, acolá, devia haver terríveis cabeças humanas apontando da água, como repolhos de um canteiro, como moscas grudadas no papel-de-cola".[10]

O caçoado burrinho Sete-de-Ouros, onde estaria? Também estava tentando atravessar o rio, como os vaqueiros. Contudo, a sua experiência, a sua sabedoria de vida, permitiu-lhe agir com calma. Em meio às águas impiedosas, em vez de debater-se, em vez de lutar contra as correntes e querer vencê-las, aproveitou-se da força delas, deixando-se por elas levar, usando o poder delas em favor próprio. Com a cabeça erguida acima da lâmina d'água, com a confiança que a calma lhe dava, tomava seus tragos de ar. Mais adiante, "três pernadas pachorrentas e um fio propício de correnteza levaram Sete-de-Ouros ao barranco de lá, agora reduzido a margem baixa, e ele tomou terra e foi trotando".[11]

Salvou a si e a dois vaqueiros, que, no início da jornada desconfiados e envergonhados da força dele, no entanto, na lide mortífera, grudaram-se ao seu corpo e salvaram-se, enquanto os cavalos e os outros vaqueiros morreram todos. Sete-de-Ouros, ao voltar para a fazenda, lá chegando, como se nada tivesse acontecido, comeu e depois "rebolcou-se com as espojadelas obrigatórias, dançando de patas no ar e esfregando as costas no chão".[12]

Guimarães Rosa, nessa novela de rara beleza, apresenta-nos um animal que pondera e age sabiamente, que salva seus companheiros e, assim, ilustra aquilo que Hume considera inútil querer refutar, vale dizer, que certos animais não apenas realizam operações atribuídas à faculdade de razão, mas também exibem senso moral. Em momento algum, Sete-de-Ouros, na sua ponderação para salvar-se, recusou também salvar os vaqueiros; portanto, demonstrou bondade de caráter.

IMAGENS DA VIDA • Bondade de caráter é, também, um dos atributos do cachorro Quincas Borba, que, afinal, após os maus-tratos, adormece. As "imagens da vida brincam nele". Quando acorda, esquece o mal que lhe fizeram. Tem uma expressão "que não digo seja de melancolia, para não agravar o leitor". Ao ouvir o próprio nome, sai em disparada para atender o chamado.

NOTAS

1 Agradeço a José Thomaz Brum, que foi quem, num colóquio no Rio de Janeiro sobre Schopenhauer, me chamou a atenção para esse ensaio de Montaigne, por ocasião do texto que ali apresentei envolvendo a questão animal na obra do filósofo de Frankfurt.

2 Michel de Montaigne, 2006, p.190.

3 Ibidem, p.190.

4 Eclesiastes 3,19. Trad. de João Ferreira de Almeida.

5 Michel de Montaigne, *op.cit.*, p.181.

6 David Hume, 2009, p.209.

7 David Hume, 2009, p.432.

8 Graciliano Ramos, 2015, p.85.

9 Ibidem, p.91.

10 Guimarães Rosa, 2001, p.95.

11 Ibidem, p.96.

12 Curioso é que o termo "espojadela" é o mesmo que Graciliano Ramos empregara para se referir ao espojar-se da cachorra Baleia em sonhos, com os filhos de Fabiano.

CAPÍTULO 9

Simpatia universal

LOUCURA DE AMOR • Schopenhauer, ao definir a loucura como rompimento do fio da memória, causado por um acontecimento traumático cuja representação é inolvidável, transformada em dor insuportável que pode levar à morte do indivíduo – daí as lacunas aliviadoras abertas em sua memória e preenchidas com representações fictícias –, em verdade a concebeu como um meio de salvação da vida empregado pela própria natureza. Dizendo de outro modo: a memória do louco até que funciona de maneira relativamente saudável; no entanto, devido à substituição nela da representação do acontecimento traumático por ficções, o real e o irreal ali se confundem. Ou seja, o louco opera mal com o princípio de razão, o princípio de fundamentação dos acontecimentos, que, na pessoa saudável, conecta de modo correto o presente ao passado, fazendo com que ela, além de rememorar o real vivido, separe-o do que é fictício e fantasiado. Porque a memória do louco efetua mal essa operação, para protegê-lo, Schopenhauer define

O NÁUFRAGO DA EXISTÊNCIA

a loucura como doença da memória, a qual, do ponto de vista da natureza, é, nessa situação, menos ruim que a morte. A loucura é o "Lete dos sofrimentos insuportáveis". Nesta acepção, significa um "expulsar da mente" algo, possível apenas através de um "pôr na cabeça" outra coisa em seu lugar.

Todavia, segundo o filósofo, há outra forma de loucura psíquica, que, inversamente, consiste num "pôr na cabeça" algo, possível apenas através de um "expulsar da mente" outra coisa. Esse algo primário posto na cabeça, que dela não sai, torna-se pensamento obsessivo, que ocupa ditatorialmente a psique do doente. Sob essa rubrica, encontra-se a loucura de amor, ou erotomania. "Tais doentes, por assim dizer, agarram-se convulsivamente ao pensamento concebido, de tal forma que nenhum outro, pelo menos um que se lhe oponha, pode introduzir-se".[1] Ora, esse tipo de loucura é exatamente a de Rubião. Este transforma o seu amor por Sofia numa obsessão. A jovem não lhe saía da cabeça um minuto sequer; inclusive, em seus delírios, ele a nomeia sua imperatriz. Foi o modo que encontrou para ser amorosamente correspondido.

É mister dizer que a loucura do filósofo Quincas Borba não era de amor, e sim parecida com a de um gênio, pois criou um sistema de filosofia, por mais esquisito que este fosse. O problema do pensador era que as suas ideias se chocavam contra a realidade, estilhaçando-se.

Para Schopenhauer, é possível a mescla de loucura com gênio criativo. A maior parte das grandes obras da humanidade surgiu de cabeças que oscilavam entre o furor da inspiração e a melancolia após a obra de arte instituída. Muitos gênios foram desajustados sociais, figuras solitárias perdidas no seu universo artístico, na gestação de sua obra. Quincas Borba, na sua loucura, pensava ser criativo e, com essa crença, expôs o seu pensamento filosófico em quatro volumes.

O professor Rubião, entretanto, era limitado, sabia disso, não tinha a pretensão de escrever alguma coisa, ou realizar um grande feito. Era um simplório que, sem saber o que fazer da vida, encostou-se no magistério de uma cidade do interior de Minas Gerais, antes de tornar-se herdeiro e abandonar a profissão para fruir a fortuna. Em termos de filosofia, sua mais longa jornada espiritual foi a repetição do mote do Humanitismo, "ao vencedor as batatas", cujo sentido não compreendia. Assim, restou-lhe, para as insuportáveis adversidades sentimentais, apenas a loucura. Tornou-se obcecado por uma moça, em vez de, como Quincas Borba, por conceitos filosóficos.

O processo de enlouquecimento de Rubião é marcado passo a passo pela sua bancarrota financeira. Esta cavada na Corte, pelo casal Palha, que astutamente se aproveitou da sua ingenuidade. Esse Cristiano Palha amiúde "decotava a mulher", de olhos convidativos, sob uns excessos de sobrancelha, com vistas a publicá-la não apenas por narcisismo, mas também para fins de negócio. Por isso mesmo a fazia insinuar-se, com braços descobertos (na época algo bastante erótico, pois geralmente os vestidos os cobriam) e decotes, para o professor mineiro. Rubião caiu na armadilha, sem nada receber em troca. Nesse contexto de sedução, a opção machadiana pelo nome Sofia é simbólica. De origem grega, o nome significa *sabedoria*, e está embutido na palavra *filosofia*, interpretada tradicionalmente como amor à sabedoria. Em *Quincas Borba*, contudo, Sofia não é a sabedoria moralmente louvável, mas a corrompida, isto é, pragmaticamente maligna, ou, como diz o narrador, Sofia é a "dona astuta".

Quando se apaixonou, Rubião contava 44 anos de idade. Usava suíças, barbas pendentes e graves, como as de um bispo anglicano, complementadas por bigodes. Em termos psicológicos, sobressaía-lhe a pusilanimidade, que o levava a envergonhar-se com o fato de a sua herança depender dos bons cuidados que deveria prestar ao cachorro Quincas Borba, como se este pessoa fosse. O avanço da sua loucura o fez perder os amigos de ocasião. Ao fim, restou-lhe apenas a amizade do animal.

SIMPATIA UNIVERSAL • Quincas Borba percebe a gravidade da situação que envolve o seu senhor. Quando colocaram Rubião numa carruagem para recolhê-lo a uma casa de saúde, tentou a todo custo nela entrar. "Foi necessária toda a força do criado para agarrá-lo, contê-lo e trancá-lo em casa."[2] Internado, Rubião solicita a companhia do seu amigo. Uma comadre, D. Fernanda, fala com o diretor do hospício, para que ouça o doente. Dele obtém a concordância. Ruma em busca do Quincas Borba, trancafiado na casa da "Rua do Príncipe". Príncipe que Rubião quis ser de Sofia. Naquela casa, "o transtorno dos móveis da sala exprimia bem o delírio do morador, suas ideias tortas e confusas".[3] O chão parecia não ser varrido há séculos. Para Sofia, causa amorosa da loucura do proprietário, aquele ambiente e a história do seu morador nada significavam. Olhava tudo com indiferença, com uma frieza que contrastava com o sentimento da comadre D. Fernanda, que ali se sentia "presa de uma comoção particular e profunda".[4] A comadre pergunta ao criado pelo animal. Ele responde que ele está trancado num quarto. Ela pede que o busque.

Quincas Borba aparece, magro, abatido, mal conseguia erguer os olhos. Quando ia voltar, D. Fernanda o chama com estalidos de dedo. Ele para, abana a cauda, detém-se. Após perguntar ao criado o nome do animal, ela o pronuncia. A senhora e o animal então olham-se. Subitamente magnetizam-se. É um olhar, pense-se, em que transparece o próprio Humanitas, pois, como sentenciara Quincas Borba filósofo: "Olha, vês como o meu bom Quincas Borba está olhando para mim? Não é ele, é Humanitas..."[5] D. Fernanda fala com o animal, pergunta se ele quer ir ver o seu dono. O criado emenda que o cachorro come pouco, o que é menos ruim, pois, quando o seu senhor fora embora, chorava muito, e nada comia nem bebia. D. Fernanda coça a cabeça do Quincas Borba, o que significava "o primeiro afago depois de longos dias de solidão e desprezo".[6] Nessa cena, o mais comovente para mim é, de fato, o olhar magnético que trocam. O narrador detém-se nele e, assim, realça o sentido filosófico desse olhar – *a simpatia da senhora por um ser de outra espécie.*

É uma cena que confirma o protagonismo dessa personagem machadiana não humana, cuja dignidade ocupa todo o romance, em contraste com as patifarias das demais personagens, exceção da Dona que agora o acarinhava com as mãos e o olhar. O cachorro, dessa forma, destaca-se como um sujeito de direito. Apesar de não ter a potência da faculdade de razão, faz-se entendido tanto pelo olhar quanto pelo sentimento, sendo plenamente compreendido por D. Fernanda.

Quando ela deixou de acariciá-lo, os dois continuaram a trocar olhares, "tão fixos e tão profundos, que pareciam penetrar no íntimo um do outro". Assaltada por uma "simpatia universal", defronte daquela miséria "obscura" e "prosaica", decidiu socorrê-lo. "Estendia ao animal uma parte de si mesma, que o envolvia, que o fascinava, que o atava aos pés dela". Era "como se ambos representassem a mesma espécie".[7]

Tal cena é, sem dúvida, uma recepção e assimilação da ética da compaixão pela literatura brasileira, exatamente porque nela temos o sentimento, por parte daquela senhora, de *simpatia universal* por um cachorro. Isso se harmoniza com a ética da compaixão de Schopenhauer, que, ineditamente, na história da filosofia ocidental, estende o fundamento da boa ação a todos os seres, vivos e não vivos; pois, para o filósofo, falar sobre simpatia universal, que ajuda outrem, como o narrou Machado naquela cena, significa falar sobre compaixão universal, fundamento da ação desinteressada e moralmente boa. Com efeito, o termo grego empregado pelo nosso escritor máximo, *simpatia*, συμπάθεια, composto por συμ, junto com, e πάθος, padecer, sofrer, sentir, é o que dá origem ao termo latino *compaixão*, paixão-com. Logo, ambos os termos, o grego e o latino, significam a mesma coisa: "padecer-com". O que D. Fernanda sentia, conseguintemente, foi compaixão por Quincas Borba.

O TRÁGICO • D. Fernanda continuava a mirar os olhos meigos e tristes do cachorro. Dá dinheiro ao criado para que o conduza ao encontro de Rubião.

Porém, do hospital psiquiátrico em que se encontravam, fogem alguns meses depois, para a boa terra mineira, num retorno que encerra essa tragicomédia que evolui para uma tragédia. Cabe aqui recuperar, pois, o que o autor de *O mundo como vontade e como representação* entende por tragédia, logo, lançar luz teórica sobre a transição efetuada por Machado de Assis entre o cômico e o trágico. Diz Schopenhauer:

> A vida do indivíduo, quando vista no seu todo e em geral, quando apenas seus traços mais significativos são enfatizados, é realmente uma tragédia; porém, percorrida em detalhes, possui o caráter de comédia. Pois as labutas e vicissitudes do dia, os incômodos incessantes dos momentos, os desejos e temores da semana, os acidentes de cada hora, sempre produzidos por diatribes do acaso brincalhão, são puras cenas de comédia. Mas os desejos nunca satisfeitos, os esforços malogrados, as esperanças pisoteadas cruelmente pelo destino, os erros desafortunados de toda a vida junto com o sofrimento crescente e a morte ao fim sempre nos dão uma tragédia.[8]

Schopenhauer, desse modo, traça a fronteira, e as suas passagens, daquilo que deve ser trabalhado por um bom ficcionista visando à transição estética do cômico para o trágico. O segredo é revelado pela visão de que a vida do indivíduo oscila, como um pêndulo, entre as diatribes diárias e risíveis do acaso brincalhão, domínio do particular, e os infortúnios cruelmente causados pelo destino, domínio do universal, que ao fim presenteia a todos com a morte, esta, muitas vezes, antecedida por inomináveis dores.

Notável, porém, é que certos indivíduos, pressentindo a humilhação no jogo de que farão parte, recusam-se, diz Schopenhauer, a entrar em vida, como foi o caso do filho de Lessing, que, tendo sido arrancado a fórceps do útero materno, recusou-se,

O NÁUFRAGO DA EXISTÊNCIA

todavia, a permanecer no mundo, e deste partiu tão logo chegou. Decisão semelhante que tantos outros anônimos, em tenra idade, também tomaram.

Ora, como examinaremos no capítulo seguinte, Quincas Borba cachorro e Rubião terminam, como Quincas Borba filósofo, loucos, depois de terem experimentado momentos de recreio e cômicos, como morar numa calçada, tentar aprender o que é o Humanitismo, ser animal herdeiro e supostamente bem tratado etc. Todavia, no encerramento de vida dessas personagens, Machado de Assis traz a sua cosmovisão de fundo para o primeiro plano, e o cômico cede lugar ao trágico.

NOTAS

1 W II, 480.
2 QB, CLXXXVII.
3 Ibidem.
4 Ibidem.
5 QB, VI.
6 QB, CLXXXVIII.
7 QB, CLXXXVIII.
8 W I, 374.

CAPÍTULO 10

O náufrago da existência

OBRA DE ARTE LITERÁRIA MAIS PERFEITA • Rubião, em seu delírio, repete pelas ruas de Barbacena o, para ele, incompreensível mote do Humanitismo: "Ao vencedor, as batatas!" Ao descrever o naufrágio da sua existência, a narrativa de *Quincas Borba* cresce em intensidade na direção do clímax trágico. Acompanha, dessa forma, a loucura acelerada da personagem. O leitor sente o tenso conflito entre a razão impotente e a insanidade galopante de Rubião. Trava-se, em sua cabeça, uma frenética batalha pela conquista de território, ora dominado por pensamentos confusos, ora por fantasias de amor, ora por delírios de grandeza; enfim, exibe-se, em forma de tormento psíquico, o naufrágio existencial do professor mineiro, numa desgraça semelhante à que vitimara, como vimos, o filósofo Quincas Borba e que vitimará o seu cachorro herdeiro.

As chances de qualquer leitor dessa narrativa naufragar subitamente na existência, devido a qualquer tipo de desgraça, são grandes. Como diz Schopenhauer, "o mundo vai à bancarrota em todos os cantos",[1] já que "a vida é um negócio que não cobre os custos do investimento".[2]

Ora, em concordância com o pessimismo metafísico de Schopenhauer, a literatura realista machadiana adota o recurso predileto das narrativas trágicas, que é o esforço do herói para livrar-se, sem sucesso, dos caprichos da sorte. Machado de Assis exibe o sacrifício de um filósofo, o sacrifício de um professor e o sacrifício de um cachorro, mostrando como o destino pouco se importou com a índole deles, mas, antes, fruiu o poder de puni-los, para além de bom e de mau. É a punição clássica do herói, a morte na idade mais fecunda da vida. Machado de Assis, nesse aspecto, foi bastante fiel ao gênero trágico.

Visando a aprofundar a compreensão do porquê dessa opção machadiana, o abdicar da comicidade paródica em favor da seriedade trágica, cabe aqui recuperar de novo a noção schopenhaueriana de Vontade de vida, essência autofágica do mundo, cujo autodevorar-se se espelha no sofrimento das criaturas. Ora, esse sofrimento deriva do fato de a Vontade de vida, ao manifestar-se no teatro do mundo, exibir a sua autodiscórdia, enquanto luta de todos contra todos. No Humanitismo, o equivalente dessa argumentação encontra-se no fato de Humanitas, em sua fome cósmica, alimentar-se de si mesmo. Algo ilustrado por Quincas Borba naquele caso das duas tribos que se batem, num campo, por batatas, para adquirir forças e transpor uma montanha, além da qual há outro campo, com muitas e muitas batatas. Porém, apenas se uma tribo triunfar haverá vida, pois do contrário, se divididas as batatas, as duas tribos morrem, já que as batatas divididas não forneceriam energia suficiente para a jornada de transposição da montanha rumo à abundância.

Machado de Assis consolida, dessa forma, a sua cosmovisão pessimista de mundo, no gênero trágico, que melhor exprime os conflitos intrínsecos e extrínsecos da natureza humana. O seu gênio literário, de quem lê e vê com a fantasia, criou, nas palavras de Drummond, a "obra de arte literária mais perfeita" do Brasil.[3] Em seu límpido espelho da vida, permite-nos gozar esteticamente a vida de personagens que um dia pode ser a nossa vida. A apreciação profunda de uma obra de arte, nesse estilo, é uma sublime catarse, porque nela se mostra a vida como ela é: "a miséria da humanidade, o império do acaso e do erro, a queda do justo, o triunfo do mau", com o que é exibida "a índole do mundo que contraria diretamente a nossa vontade".[4] Arte como vida originária; vida como imitação da arte.

TIPOS DE TRAGÉDIA • O autor das margens do rio Meno cataloga três enredos trágicos superiores, conforme os tipos de infelicidade que expõem. São eles:

1. A infelicidade é produzida pela MALDADE EXTRAORDINÁRIA DE UM CARÁTER. É o caso das personagens shakespearianas Iago em *Otelo*, e Shylock em *O mercador de Veneza*, bem como da sofocliana Creonte em *Antígona*.

2. A infelicidade é produzida pelas mãos do DESTINO CEGO, que brinca com a vida do herói, submetendo-o aos caprichos do acaso e do erro. Aqui ele inclui o *Édipo Rei* e as *Traquínias*, de Sófocles, ao lado da maioria das tragédias dos antigos, bem como *Romeu e Julieta*, de Shakespeare.

O NÁUFRAGO DA EXISTÊNCIA

3. A infelicidade é produzida pela MERA DISPOSIÇÃO MÚTUA DAS PESSOAS, pela combinação de suas relações recíprocas, de tal modo "que não se faz preciso um erro monstruoso, nem um acaso inaudito, nem um caráter malvado acima de toda medida, que atinge os limites da perversidade humana, mas aqui caracteres moralmente comuns nas circunstâncias do dia a dia são dispostos em relação uns aos outros de uma tal maneira que a sua situação os compele conscientemente a tramar a maior desgraça uns dos outros, sem que com isso a injustiça recaia exclusivamente de um lado".[5]

Esse terceiro tipo de tragédia é por Schopenhauer considerado o mais elevado, porque não trata de algo distante de nós, como a vida dos heróis, dos príncipes, das princesas, dos reis, das rainhas etc., comumente representada nas tragédias clássicas; ao contrário, diz respeito à vida de todos, em suas relações cotidianas, com as suas chegadas e as suas partidas, os seus encontros e os seus desencontros. Vidas que se embaralham facilmente, em ações e reações diversas. Ora, com semelhantes elementos, aparentemente vulgares, o gênio cria, no entanto, uma trama de sublime comoção. Diz o filósofo:

Se nas duas primeiras técnicas vemos o destino monstruoso e a maldade atroz como potências terríveis que, no entanto, ameaçam só de longe, de modo que temos a esperança de nos subtrair a elas, sem necessidade de nos refugiarmos no recolhimento, na última técnica, ao contrário, as potências que destroem a felicidade e a vida aparecem de tal modo que também fica aberto para elas, a todo instante, o caminho até nós, pois aqui vemos o grande sofrimento ser produzido por complicações cujo essencial também poderia ser assumido pelo nosso destino, ou por ações que talvez nós mesmos seríamos capazes de realizar.[6]

Hamlet de Shakespeare pertence, em certa medida, diz, a essa técnica, caso se leve em conta apenas a sua relação, de um lado, com Apolônio, pai de Ofélia, noiva de Hamlet, que o mata acidentalmente; e, de outro, a relação deste com Ofélia, a qual, transtornada com a morte do pai, e desiludida com o amor de Hamlet, enlouque e comete suicídio. Todos esses infortúnios são criados pela simples e casual disposição das pessoas.

Para mim, é evidente que a sorte de Rubião se encaixa nesse terceiro tipo de tragédia. A sua desgraça nasce de situações cotidianas miúdas, corriqueiras, às quais os leitores mesmos estão sujeitos. O começo do entrançamento de sua desgraça se dá exatamente quando entra no vagão de um trem que rumava de Vassouras para o Rio de Janeiro. Ali, casualmente, encontrou Sofia, de 28 anos de idade, acompanhada do seu "rapagão" marido Palha, de 38 anos. A partir desse instante, o trem da vida de Rubião segue uma rota que o conduz fatalmente ao descarrilamento. "Vieram sentar-se nos dois bancos fronteiros ao do Rubião, acomodaram as cestinhas e embrulhos de lembranças que traziam de Vassouras, onde tinham ido passar uma semana..."[7] Só depois que o trem começou a mover-se, é que o marido da moça, Cristiano Palha, reparou na presença do Rubião. Começaram a conversar. Comentaram a novidade da nova estrada de ferro, que ligava o interior de Minas Gerais à Corte, falaram sobre gado, escravatura, política, guerra do Paraguai, assuntos gerais.

Marc Ferrez (1843-1923): Rio de Janeiro (enseada de Botafogo), sede da Corte imperial do Brasil, segunda metade do século XIX

O NÁUFRAGO DA EXISTÊNCIA

Quer dizer, sem tambores nem trompetes narrativos, Machado de Assis tece, a partir de um encontro corriqueiro, o naufrágio existencial de um interiorano, que, em sua boa vontade, confessa imediatamente aos recém-conhecidos que se mudava para a capital do Império porque estava cansado da província e, agora, queria lá gozar a vida; haja vista, acrescenta, que herdara uma grande fortuna, e ia para a Corte cuidar do inventário de um amigo filósofo que se lembrou de fazer-lhe herdeiro universal. Apresentaram-se pelos nomes. O professor logo encantou-se com Sofia.

A história desenvolve-se focando, de um lado, o imaginado amor adúltero do professor mineiro por Sofia e, de outro, o golpe financeiro que sofrerá do casal, que logo percebeu o olhar interessado de Rubião para ela. Servir-se-ão da necessidade do interiorano, novo rico, em ser introduzido nas altas relações sociais do Império. Um enredo que, ao fim, explicita como a generosidade é a véspera da ingratidão; ou, para novamente me servir dos versos de Augusto dos Anjos, o beijo, amigo, é a véspera do escarro, a mão que afaga é a mesma que apedreja.

ATO FINAL • Vagam os dois trânsfugas pelas ruas de Barbacena, outrora tão hospitaleiras, mas agora exóticas. Eram estrangeiros na própria cidade.

Cai um aguaceiro, sopra um vento forte, faíscas acendem-se no céu, trovões explodem. E lá se vão os dois, subindo e descendo ladeiras, debaixo da tempestade. Não sabem ao certo que rumo tomar, nem o que fazer em ruas outrora tão amigas. Embora o estômago os intime, Rubião esquece de comer. O

• 158 •

delírio iludia a sua fome; o que não era o caso do Quincas Borba. O temporal batia-lhes sem misericórdia.

Finda a tempestade, vemo-los encharcados no meio da noite. Rubião não dorme. Levanta-se, retoma o subir e descer ladeiras, acompanhado do fiel amigo. O vento os castiga, "parecia faca, e dava arrepios aos dois vagabundos". Vagabundos aqui na acepção original do termo, isto é, aquele que vagueia à toa.

Quincas Borba, "morto de fome e de fadiga, não entendia aquela odisseia".[8] Sim, odisseia, o termo que dá título à obra máxima de Homero, que trata do retorno às origens do herói Ulisses, o qual, depois de longa jornada por mares e ilhas gregos, volta a Ítaca para o regaço da sua fiel e paciente Penélope, que o aguardava, sem ter cedido aos pretendentes na ausência do marido. Mas qual regaço aguardava os trânsfugas que retornavam? Nenhum.

Rubião confunde as estrelas do agora desanuviado céu com os lustres do salão de uma faustosa propriedade sua, e ordena que as apaguem. Adormece com o cão aos seus pés. Ao acordarem de manhã, "estavam tão juntinhos que pareciam pegados". O professor, então, brada o mote do Humanitismo, ouvido apenas pelo cachorro: "Ao vencedor, as batatas!"[9]

Vendo-os vaguear pela rua, uma comadre os recolhe, e os acomoda em casa. Na conversa que têm, ela não entende nada do que ele falava, "tão desconcertados eram os fatos e os conceitos"[10] na cabeça do homem. Ele pensava ser um imperador. Rubião morre em poucos dias. "A cara ficou séria, porque a morte é séria; dois minutos de agonia, um trejeito horrível, e estava assinada a abdicação."[11]

• 159 •

É um fim que sela o pessimismo da literatura realista machadiana, retomando o tom que fora apresentado no Prólogo das *Memórias póstumas de Brás Cubas*: "Há na alma deste livro, por mais risonho que pareça, um sentimento amargo e áspero, que está longe de vir de seus modelos [literários]".[12] Por outras palavras, a conclusão da vida de Rubião converge artisticamente para a máxima do pessimismo metafísico de Schopenhauer, ilustrando-a, a saber, que toda vida é sofrimento, é um negócio que não cobre os custos dos investimentos, pois, ao fim, iremos todos à bancarrota. O mais genial nisso tudo é que, em sua oficina de criação, o nosso escritor máximo abraçou aquele gênero mais elevado de tragédia, segundo o grande pessimista das margens do Meno, vale dizer, o que expõe a desgraça das pessoas a partir de sua simples disposição mútua. De fato, a execução desse gênero "é extremamente difícil, pois produz o maior efeito meramente por posicionamento e distribuição, com o menor número de recursos e motivos de ação".[13] Uma dificuldade superada com maestria em *Quincas Borba*, que, por isso mesmo, considero a obra de arte perfeita do gênio de Machado de Assis.

Deve-se observar, no entanto, que a loucura e morte de Rubião não é a cena de encerramento de *Quincas Borba*, mas sim a solidão, a loucura e morte do cachorro protagonista. "Queria dizer aqui o fim do Quincas Borba, que adoeceu também, ganiu infinitamente, fugiu desvairado em busca do dono, e amanheceu morto na rua, três dias depois."[14]

As palavras finais do narrador reforçam a sua ética animal, que geralmente é desprezada pelos estudiosos de *Quincas Borba*. É uma ética que, todavia, como mostrei, atravessa todo a sua obra-prima.

O NÁUFRAGO DA EXISTÊNCIA

"Mas, vendo a morte do cão narrada em capítulo especial, é provável que me perguntes se ele, se o seu defunto homônimo é que dá o título ao livro, e por que antes um que outro — questão prenhe de questões, que nos levariam longe..."[15]

Obviamente que se trata aqui de uma tentativa de distração feita pelo narrador, que levanta retoricamente uma falsa dúvida, que muito confundiu leitores e críticos literários. Em verdade, o filósofo Quincas Borba, que muitos acham que dá título ao romance homônimo, é retirado de cena logo no início da narrativa, quando morre no capítulo XI, de um total de 201 capítulos, enquanto o cachorro Quincas Borba atravessa toda a obra: na versão originária, está na cena de abertura, olhando consolador para o filósofo moribundo. O narrador, nessa ocasião, confessa, eu relembro, que só precisava do nome Quincas Borba por causa do animal. Tantas senhas dadas ao leitor não me deixam dúvidas sobre a raridade, na literatura brasileira, do destaque conferido por Machado de Assis à ética animal, numa narrativa que dissolve as fronteiras sentimentais e cognitivas entre o animal humano e o não humano; por conseguinte, recusa uma visão antropocêntrica e antropomórfica do mundo. Sobretudo porque o romancista emprega, na descrição da convivência do cachorro com os humanos, as mesmas sutis análises psicológicas e morais que costuma fazer de suas personagens humanas.

NOTAS

1 W II, 684.
2 W I, XIV.
3 Carlos Drummond de Andrade, 2019, p.81.

• 161 •

O NÁUFRAGO DA EXISTÊNCIA

4 W II, 520.
5 W I, 294.
6 W I, 295.
7 QB, XXI.
8 QB, CXCVII.
9 QB, CXCVIII.
10 QB, CXCIX.
11 QB, CC.
12 MPBC, Prólogo.
13 W I, 295.
14 QB, CCI.
15 QB, CCI.

Conclusão

Como coroamento da tese principal que conduziu este ensaio, a de que Machado de Assis transformou Schopenhauer numa personagem da literatura brasileira – mediante a sua caricatura que é o Quincas Borba, e a paródia do monismo da Vontade de vida que é o Humanitismo –, desmancho uma bruxaria, que, acredito, foi feita pelo Gênio do Cosme Velho.

Note-se que o nome Schopenhauer tem quatro sílabas:

SCHO – PEN – HAU – ER

sendo que as tônicas se encontram nas sílabas primeira e terceira.

Ora, igualmente, o nome QUINCAS BORBA tem quatro sílabas:

QUIN – CAS – BOR –BA

sendo que as tônicas se encontram também nas sílabas primeira e terceira.[1]

Portanto, uma bela simetria silábica e sonora, cujo mesmo ritmo é auxiliado pelo fato de termos nos dois nomes exatas cinco vogais e exatas sete consoantes. É o músico Machado de Assis compondo um tetrassílabo poético.

A partir dessa dupla igualdade, sonora e gráfica, concluo que o nome Quincas Borba é um anagrama rítmico de Schopenhauer. Desmancho, assim, a bruxaria feita na oficina de criação do Bruxo do Cosme Velho:

QUINCASBORBA = SCHOPENHAUER.

NOTA

1 Aqui externo o meu muito obrigado à amiga Soraya Nour, que, em Lisboa, num encontro da Alexander von Humboldt-Stiftung, me alertou para essa igualdade. Alerta que foi a fonte de inspiração desta conclusão.

APÊNDICE

Sobre otimismo e pessimismo, um diálogo

Paris, margens do rio Sena, dia ensolarado de primavera. A luz do sol e o céu azul tornam mais nítidos os contornos da cidade e das árvores. Voltaire e Schopenhauer passeiam acompanhados por um poodle.

VOLTAIRE – Em vossa opinião, quem é mais feliz, o pessimista ou o otimista?

SCHOPENHAUER – Decerto o pessimista.

VOLTAIRE – Por quê?

SCHOPENHAUER – Porque diante de qualquer desgraça o pessimista já a esperava, mas não o otimista. A decepção maior, haveis de concordar, é do otimista, com a sua mania de ver o lado bom das coisas.

VOLTAIRE – Mas, se o mundo mais parece o inferno, como gostais de afirmar em vossas obras, e as pessoas diabos se espetando, é preciso esperança para viver. Como eu disse certa vez, deve-se

O NÁUFRAGO DA EXISTÊNCIA

cultivar o próprio jardim, para assim fugir de três grandes males, o tédio, o vício e a necessidade.

SCHOPENHAUER – Meu bom francês, eu li o vosso *Cândido ou o otimismo*, que em verdade é um livro bem pessimista, apesar do título, e confesso que justamente por isso a obra me agradou. Aprecio ficções filosóficas que desmascaram a ingenuidade do ser humano em face da vida. Porém, nessa passagem, enfraquecestes a vossa reflexão porque abraçastes o protestantismo. Essa concepção de que o trabalho dignifica e protege a criatura contra os males da vida é uma concepção típica de ascese intramundana, que acredita na salvação através das obras realizadas no trabalho diário e metódico. Isso, para o protestante, realizaria, através dos indivíduos vocacionados, o reino de Deus na terra. Mas, como se diz no Brasil, o buraco é mais embaixo. Os índios desse país, por exemplo, vivem muito bem sem essa bússola, colhendo o necessário para a sobrevivência, sem se preocuparem com o acúmulo de excedentes. O dever de racionalizar o trabalho com vistas a acumular bens me parece uma ordem do dia dada por oficial prussiano.

VOLTAIRE – Não concordo. É, antes, sabedoria de vida, pois "mente vazia, oficina do diabo". Por outro lado, o acúmulo de produtos para o bem-estar da população, que cresce cada vez mais, é algo desejável. Quanto ao Brasil e aos seus índios, nós só os conhecemos por relatos de viagem. Escutai, nobre germano. A máxima de cultivar o próprio jardim não é só a tentativa de realizar o reino de Deus na terra pelas obras, mas, antes, é a doutrina da ocupação da mente que leva a criar obras neste mundo, torná-lo menos ruim, e tem, portanto, um lado inegavelmente positivo, que é impedir, como diz o ditado que citei, a mente de ocupar-se na arquitetura de tramas viciosas contra si e as outras pessoas.

SCHOPENHAUER – Bom francês, até que eu vos concedo que o cultivo de um jardim ajuda a livrar-nos de males, ao manter a nossa mente ocupada, com o que matamos o tempo de maneira minimamente agradável, ou seja, enfrentamos o tédio. Todavia, vincular o trabalho ao acúmulo de bens, que ajudariam no bem-estar da humanidade, é uma mentalidade que impulsiona o otimismo, que acredita na distribuição justa da riqueza durante o progresso da humanidade para o sumo bom. Na base dessa cosmovisão, encontra-se a faculdade de razão, a exigir salvo-conduto para ordenar e dominar a natureza. Só que essa mentalidade, ao tratar a natureza como um objeto de manipulação, deixa em seu rastro a realidade crua da destruição. Eu estou do lado dos estoicos, que defendem o uso da razão antes como instrumento de prudência em nossa luta diária em favor da qualidade de vida, que nos ajuda a fugir das quimeras do que é excessivo, já que as coisas são bonitas de ver, porém terríveis de ser. Nobre francês, toda vez que temos o necessário, e chegamos bem ao fim do dia, é o suficiente. Todo vivido de acordo com a nossa personalidade e as nossas posses, mesmo se estas forem modestas, vale a eternidade.

VOLTAIRE – Avizinha-se a noite, embora eu preferisse que fosse a eternidade. Bebamos um vinho, pois *in vino veritas*, no vinho a verdade, e continuemos o nosso diálogo. Dialogar filosoficamente é lembrar e cultuar o estilo de vida do divino Platão.

SCHOPENHAUER – Sim, Platão, o Divino. Pelo visto lestes minha tese doutoral *Sobre a quadrúplice raiz do princípio de razão suficiente*, na qual eu assim o cognomino. Sabeis que na obra dele *O*

O NÁUFRAGO DA EXISTÊNCIA

banquete há o elogio da mistura de vinho, filosofia e sexo. Penso que é uma ótima combinação. Na ausência hoje deste terceiro elemento, contentemo-nos com os dois outros. Vinhos franceses me descem bem, não mais que meia garrafa, pois desconfio da capacidade intelectual de quem bebe uma garrafa inteira. Espero que este não seja o vosso caso.

VOLTAIRE – Descobri vós isso pessoalmente, e, peço, abri na vossa máxima uma exceção para mim.

SCHOPENHAUER – Ficarei na minha meia garrafa, após a qual fumarei meu segundo cachimbo, mesmo porque também desconfio de quem fuma mais de dois ao dia.

VOLTAIRE (com riso irônico) – Pelo visto sois o mestre da suspeita.

SCHOPENHAUER (devolve o riso irônico) – Gosto de desmascarar o ser humano, mostrar como a consciência de cada um é apenas uma crosta dessa grande massa inconsciente chamada vontade, irracional e cega em seus movimentos tectônicos, que se traduzem em múltiplos desejos, a maioria dos quais inconfessos. Por isso, a hipocrisia é o ar natural do ser humano. Um dia virá em que eu serei por todos conhecido não só como o mestre da suspeita, mas também do desmascaramento.

Jardim da casa de Voltaire. Duas garrafas de vinho na mesa secundadas por iguarias. O poodle Ātman de Schopenhauer encontra o gato Montaigne de Voltaire. Pelo olfato apresentam-se e fazem amizade. Os filósofos servem-se sem se esquecerem de oferecer aos animais generosas porções.

Referências

BIBLIOGRAFIA PRIMÁRIA

ASSIS, M. *Quincas Borba* [QB]. São Paulo: Companhia das Letras, 2012.

ASSIS, M. *Quincas Borba* [QB1]. *A Estação*. Rio de Janeiro, 1886-1891. Primeira versão folhetinesca. Disponível em: https://machadodeassis.net/texto/quincas-borba-a-estacao/18790/chapter_id/18791. Acesso em: 23 jan. 2022.

ASSIS, M. *Memórias póstumas de Brás Cubas* [MPBC]. São Paulo: Ateliê Editorial, 1998.

SCHOPENHAUER, A. *O mundo como vontade e como representação*. Trad. Jair Barboza. Tomo I [W I]. 2.ed. rev. São Paulo: Editora Unesp, 2015.

SCHOPENHAUER, A. *O mundo como vontade e como representação*. Trad. Jair Barboza. Tomo II [W II]. São Paulo: Editora Unesp, 2015.

SCHOPENHAUER, A. *Kleinere Schriften*. Ed. de Ludger Lütkhaus. Zürich: Haffmans, 1988a.

SCHOPENHAUER, A. *Parerga und Paralipomena* [P]. Ed. de Ludger Lütkhaus. Zürich: Haffmans, 1988b.

SCHOPENHAUER, A. *Aforismos para a sabedoria de vida* [ASV]. Trad. Jair Barboza. São Paulo: Folha de S.Paulo, 2015.

BIBLIOGRAFIA CONSULTADA

ARISTÓTELES. *Poética*. In: ARISTÓTELES; HORÁCIO; LONGINO. *A poética clássica*. Trad. Jaime Bruna. São Paulo: Cultrix, 2005.

ANDRADE, C.D. *Amor nenhum dispensa uma gota de ácido*. Org. e apresentação de Hélio de Seixas Guimarães. São Paulo: Três Estrelas, 2019.

BARBOZA, J. *Infinitude subjetiva e estética*: natureza e arte em Schelling e Schopenhauer. São Paulo: Editora Unesp, 2005.

BARBOZA, J. *Schopenhauer, a decifração do enigma do mundo*. São Paulo: Paulus, 2015.

BÍBLIA pão da vida: versão atualizada. Edição digital. Trad. João Ferreira de Almeida. Desenvolvedor: Felipe Frizeiro.

BOURDEAU, J. *Arthur Schopenhauer, pensées e fragments. Vie de Schopenhauer. Sa correspondance.* 16.ed. Paris: Félix Alcan, 1900.

BUSCH, H. *Das Testament Arthur Schopenhauers.* Wiesbaden: Eberhard Brockhaus, 1950.

GRISEBACH, E. *Schopenhauer. Geschichte seines Lebens.* Berlin: Ernst Hofmann, 1897.

GULLAR, Ferreira. Nova canção do exílio. *O Globo*, Rio de Janeiro, Caderno Prosa e Verso, p.2, 2 set. 2000. Disponível em: <https://acervo.oglobo.globo.com/em-destaque/obra-de-ferreira-gullar-espanta-encanta-pela-fusao-entre-belo-o-feio-22136534>. Acesso em: 16 jan. 2022.

HUME, D. *Tratado da natureza humana*. 2.ed. Trad. Déborah Danowski. São Paulo: Editora Unesp, 2009.

JOBIM, J. L. (Org.). *A biblioteca de Machado de Assis*. Topbooks: Rio de Janeiro, 2008.

MONTAIGNE, M. *Os ensaios*. Trad. Rosemary Costhek Abílio. São Paulo: Martins Fontes, 2006.

NUNES, B. Machado de Assis e a filosofia. *Travessia*, Santa Catarina, n.19, p.7-23, 1989. Disponível em: <https://periodicos.ufsc.br/index.php/travessia/article/view/17324>. Acesso em: 15 jan. 2022.

PLATÃO. *A república*. Trad. Carlos Alberto Nunes. Belém: Edufpa, 2000.

RAMOS, G. *Vidas secas*. 128.ed. São Paulo: Record, 2015.

ROSA, G. *Sagarana*. 68.ed. Rio de Janeiro: Nova Fronteira, 2001.

SAFRANSKI, R. *Schopenhauer und die wilden Jahren der Philosophie*. Frankfurt am Main: Fischer Taschenbuch, 2001.

REFERÊNCIAS

SCHOPENHAUER, A. Dokumente zur Lebensgeschichte. In: DEUS-SEN, P. (Ed.). *Arthur Schopenahuer's Sämtliche Werke*. München: R. Piper & Co., 1911.

SCHOPENHAUER, A. *Senilia: Gedanken im Alter*. Frankfurt am Main: C. H. Beck, 2010.

SCHWARZ, R. *Um mestre na periferia do capitalismo*. 2.ed. São Paulo: Duas Cidades/Editora 34, 2012.

SPIERLING, V. *Kleines Schopenhauer Lexikon*. Stuttgart: Reclam, 2010.

TEZZA, C. Mundo urbano e mundo rural nos contos do mestre. *Cadernos de literatura brasileira*, n.23 e 24. São Paulo: IMS, 2008.

UEDING, G. (Ed.). *Historisches Wörterbuch der Rhetorik*. Tübingen: Max Niemeyer Verlag, 1998.

VILLAÇA, A. Machado de Assis, tradutor de si mesmo. *Novos Estudos Cebrap*, São Paulo, n.51, p.3-14, jul. 1998, p.11. Disponível em: <http://novosestudos.com.br/produto/edicao-51/>. Acesso em: 24 jan. 2022.

VOLTAIRE. *Cândido ou o otimismo*. Trad. Samuel Titan Jr. São Paulo: Editora 34, 2013.

WEBER, M. *A ética protestante e o "espírito" do capitalismo*. Trad. José Marcos Mariani de Macedo. São Paulo: Companhia da Letras, 2004.

ZIMMER, H. *Filosofias da Índia*. Trad. Nilton A. Silva, Cláudia G. Bozza e Adriana F. de Cesare. São Paulo: Palas Athena, 1986.

Índice onomástico

Aristóteles • *60, 61, 69*

Assis, Machado de • *5, 9, 10-11, 13-16, 18-21, 25, 28, 41, 43, 47, 52, 59, 62, 67, 69, 77, 80, 86, 89, 91, 95, 97, 101, 106, 113, 121, 123, 137, 139, 148-150, 152-153, 158, 160-161, 163-164*

   Bruxo do Cosme Velho • *9, 11, 29, 59, 131, 164*

Ātman • *19, 31, 33-34, 40-41, 117, 33, 168*

Augusto dos Anjos • *9, 120, 158*

Baleia • *121, 131, 137-139, 142*

Barboza, Jair • *41, 88, 142*

Barreto, Tobias • *18*

Bourdeau, Jean • *18, 21, 59*

Brás Cubas • *44-47, 49, 71, 96, 99*

Buddha • *39, 40, 107*

Burrinho pedrês • *131, 139*

   Sete-de-Ouros • *131, 137, 139, 140*

Busch, Wilhelm • *33-34, 49*

Cândido • *15, 19, 91-92, 95, 139, 140, 166*

Carracci, Annibale • *25, 26*

Cristiano Palha • *145, 155*

Dalí, Salvador • *64*

Dias, Gonçalves • *65*

Drummond de Andrade, Carlos • *11, 153, 161*

Duchamp, Marcel • *64*

Empédocles • *5*

Francisco de Assis • *107-108*

Goethe, Johann Wolfgang von • *15, 18, 77*

Gullar, Ferreira • *65, 69*

Hamlet • *76, 155*

Hartmann, Eduard von • *18, 122*

Hegel, Friedrich • *18, 30-32, 39*
Heine, Heinrich • *18*
Hume, David • *131, 134-135, 141-142*

Kant, Immanuel • *25, 54, 124-126*

Leibniz, Gottfried Wilhelm • *15, 19, 91-92*
Leonardo da Vinci • *25-26, 64-65*

Montaigne, Michel de • *131-132, 134, 136-137, 142, 168*

Napoleão Bonaparte • *59*
Nietzsche, Friedrich • *9, 18, 35, 72, 109*
Nunes, Benedito • *21, 69, 79*

Ofélia • *15, 76, 155*

Pangloss • *90-92*
Platão • *10, 61, 69, 134, 167*

Quincas Borba (cachorro) • *19-20, 48-49, 51-52, 113-114, 117, 120-121, 123-124, 126, 129, 131, 139, 141, 146-148, 150, 159, 160-161*
Quincas Borba (filósofo) • *10, 18, 19-21, 28-29, 43- 45, 47-49, 51, 59-60, 67, 72, 75, 77, 79, 83-86, 89, 90-91, 95-96, 98-99, 102-105, 108,*

113, 117, 118-120, 126-127, 129, 144-145, 147, 150- 152, 161, 163-164

Ramos, Graciliano • *20, 114, 121, 131, 137-139, 142*
Rosa, Guimarães • *20, 114, 131, 137, 139, 141-142*
Rubião • *64*

Santo Agostinho • *98, 99, 106*
Schelling, Friedrich • *31, 42, 79, 83*
Schopenhauer, Arthur • *5, 9, 10, 11, 13- 15, 18- 21, 25, 29- 35, 38-43, 47, 49-52, 54-55, 59, 62-63, 66-69, 71-74, 76-80, 82-83, 85-86, 89-90, 92-96, 99-104, 106, 108-109, 114-115, 117-118, 119, 122, 126, 130-131, 133, 137, 139, 143-144, 148-149, 152, 154, 160, 163-168*

Schwarz, Roberto • *21*
Silesius, Angelus • *119*

Shakespeare, William • *15, 76, 138, 153, 155*
Sócrates • *31*
Sofia • *123, 144-146, 155, 158*
Sófocles • *15, 153*

Voltaire • *15, 19, 90-92, 95, 108, 165-168*

Índice de assuntos

amor • *10, 19, 20, 29, 32, 39, 63, 66-68, 74, 76, 105, 132, 135, 143-145, 151, 155, 158*

animal • *33, 36, 40-41, 48-49, 51-55, 78, 95, 101, 105, 111, 116, 119-121, 123, 127-129, 131, 135-139, 141, 146-148, 150, 160-161*

antropocentrismo • *53*

antropomorfismo • *53*

arquétipo • *61, 74*

ascetismo • *106, 108*

belo • *28, 33, 39, 72, 91, 137*

brahmanismo • *100, 102-104, 119*

cachorro • *19-20, 32-33, 35-36, 40-41, 48-49, 52, 54, 59, 99, 102, 113-114, 117, 120-121, 123-124, 127, 129, 131, 139, 141, 146-148, 150-152, 160-161*

cão • *19, 35, 40, 48-49, 51-52, 117, 124, 126-127, 129, 135-136, 160*

caricatura • *15, 19-20, 23, 25-26, 28, 33, 43, 49, 62, 66-67, 70, 90-91, 95, 163*

caricatural • *62, 69, 95, 113*

caricaturado • *92, 69, 95, 113*

compaixão • *36, 51, 55, 77-78, 85, 113-117, 120, 131, 148*

dor • *32, 38, 46-47, 76, 90, 93, 96-99, 103, 105-107, 114, 116, 136, 143*

entendimento • *35, 99-100, 104, 132, 134*

estoicismo • *46, 95-96*

eterno retorno do mesmo • *117-118*

felicidade • *46-47, 94-95, 106, 108, 134, 154*

Gênesis • *53-55*

O NÁUFRAGO DA EXISTÊNCIA

Humanitas • 45-46, 72-73, 75, 79, 83-87, 97, 99, 104, 117-120, 147, 152

Humanitismo • 18, 20-21, 43, 45-47, 60, 67, 71, 72-73, 77, 80, 83, 89, 95, 97, 100, 104, 118, 127, 145, 150-152, 159, 163

Ideia • 38, 61, 63, 66, 60, 74, 121

imitação • 60-62, 64-65, 86, 90, 95, 106, 153

inatural • 28

inconsciente • 18, 100, 115, 122-123, 168

loucura • 18, 100, 115, 122-123, 168

otimismo • 15, 19, 47, 89-93, 96, 106, 108, 165-167

palingenesia • 100-103, 108, 127

paródia • 14, 19-21, 57, 59-69, 71, 80, 83, 90-92, 95, 101, 106, 163

pessimismo • 9, 14, 18, 20, 39, 41, 47, 71-72, 83, 89-90, 93, 95-98, 101, 103-106, 108, 152, 159-165

pólemos • 81-83

prazer • 38, 65, 94-96, 106-107, 114

prudência • 36-38, 94, 98, 134, 167

razão • 31, 38, 42, 53, 76, 133-135, 141, 143, 147, 151, 167

riso • 14, 64-65, 67-68, 86, 89-90, 106, 113, 168

simpatia • 20, 135, 143, 146-148

sofrimento • 29, 37, 41, 47, 51, 75, 77, 81, 85, 89, 92, 94, 96, 105, 106, 108, 113, 115-116, 138, 149, 152, 155, 160

sublime • 59, 126, 153-154

tatoumes • 113, 116

tragédia • 19-20, 105, 111, 148-149, 153-155, 160

Vontade de vida • 31, 38, 55, 72-75, 77-79, 81-82, 85-86, 94-95, 99, 104, 118-119, 152, 163

SOBRE O LIVRO

FORMATO 13,7 x 21 cm
MANCHA 24,9 x 41,3 paicas
TIPOLOGIA Adobe Jenson Pro 12,5/18
PAPEL Off-white 80 g/m² (miolo)
Cartão Supremo 250 g/m² (capa)

1ª EDIÇÃO EDITORA UNESP 2022

EQUIPE DE REALIZAÇÃO

COORDENAÇÃO EDITORIAL
Marcos Keith Takahashi (Quadratim)

EDIÇÃO DE TEXTO
Gabriela Garcia

PROJETO GRÁFICO E CAPA
Quadratim

IMAGEM DE CAPA
El náufrago, de Asensio Julià,
óleo s/ tela, *c.* 1815, Museo de Bellas Artes de Valencia

EDITORAÇÃO ELETRÔNICA
Arte Final

Impressão e Acabamento:

www.graficaexpressaoearte.com.br